COLLECTION
FOLIO BILINGUE

Edgar Allan Poe

The Murders in the Rue Morgue

Double assassinat dans la rue Morgue

The Purloined Letter

La Lettre volée

MS Found in a Bottle

Manuscrit trouvé dans une bouteille

Traduit de l'américain
par Charles Baudelaire

Gallimard

Ces trois nouvelles sont extraites des Histoires extraordinaires *(Folio n° 310)*

AVANT-PROPOS

Edgar Allan Poe et Charles Pierre Baudelaire sont, en France, indissociables. Rarement un écrivain et son traducteur ont été liés à ce point : ils se doivent mutuellement leur célébrité. Edgar Poe est connu en France grâce aux traductions de Baudelaire; et les traductions de ses tales, *sans le procès retentissant des* Fleurs du Mal, *auraient à elles seules contribué à répandre le nom de Baudelaire. Certes la traduction de Baudelaire n'est pas parfaite, on y trouve des contresens, des modifications du texte original, mais le traducteur et l'écrivain sont si proches que le résultat est une alchimie surprenante et d'une rare qualité littéraire.*

En 1845, paraît en France, pour la première fois, dans la Revue britannique, *la traduction d'une nouvelle d'Edgar Poe,* Le Scarabée d'or. *Puis, en 1846, plusieurs contes sont publiés dans diverses revues, mais les traductions maladroites et réductrices déforment le texte original et la pensée de leur auteur. C'est seulement le 27 janvier 1847 que Baudelaire découvre Poe, en lisant dans la revue* La Démocratie pacifique *une traduction du* Chat noir[1]

1. *Nouvelles histoires extraordinaires* (Folio n° 801, p. 58-70).

proposée par Isabelle Meunier. C'est un choc : « En 1846 ou 47, j'eus connaissance de quelques fragments d'Edgar Poe; j'éprouvai une commotion singulière; [...] Et alors je trouvai, croyez-moi, si vous voulez, des poèmes et des nouvelles dont j'avais eu la pensée, mais vague et confuse, mal ordonnée, et que Poe avait su combiner et mener à la perfection. Telle fut l'origine de mon enthousiasme et de ma longue patience[1]. »

Longue patience en effet : Baudelaire a consacré dix-sept années de sa vie à la lecture et à la traduction de l'écrivain américain ! Il se procure aussitôt les journaux américains auxquels Edgar Poe a collaboré et diverses éditions de ses œuvres[2]. *Dès 1848, paraît une première traduction,* La Révélation magnétique. *Ensuite les traductions s'enchaînent et paraissent régulièrement en revues, procurant à un Baudelaire toujours à court d'argent des revenus réguliers (vingt francs la page...). Parallèlement, Baudelaire essaie de faire connaître Poe à travers différentes études et préfaces : il se démène pour obtenir des articles et de nouvelles éditions.*

Le travail du traducteur est difficile car, si Baudelaire a une connaissance honorable de l'anglais lorsqu'il s'attaque à cette tâche, il lui faut malgré tout se perfectionner et apprendre certains américanismes. Il a appris l'anglais de sa mère et a pu améliorer son vocabulaire lors d'un voyage à l'île Maurice. Mais tout cela ne suffit pas. En outre, il faut dire que les dictionnaires anglais/français de l'époque sont pauvres et qu'il n'est guère aisé de s'informer sur le contexte de certains contes. Baudelaire

1. *Correspondance* (Pléiade I, p. 676), Lettre à Armand Fraisse, 18 février 1860.

2. Notamment Wiley and Putnam, 1845.

traque donc tous les Américains qui vivent à Paris pour obtenir d'eux textes originaux et informations. Il écrit, en 1852, à sa mère : « J'avais beaucoup oublié l'anglais, ce qui rendait la besogne encore plus difficile. Mais maintenant, je le sais très bien. *Enfin je crois que j'ai mené la chose* à bon port[1]. » *Sans cesse, Baudelaire corrige sa traduction au fur et à mesure des rééditions; les premières nouvelles parues dans des revues sont traduites mot à mot et n'évitent ni les contresens et les tâtonnements ni les anglicismes.*

Les contes paraissent en revues, puis sont repris en volumes. Ainsi les trois textes que nous publions ont paru dans Le Pays *entre janvier et mars 1855*[2], *avant de figurer, en 1856, dans un recueil intitulé* Histoires extraordinaires. *C'est Baudelaire et son éditeur, Michel Lévy frères, qui choisissent l'ordre des textes et le titre du recueil. Edgar Poe avait dispersé ces textes dans deux volumes différents :* Tales of the Grotesque and Arabesque *(Philadelphie, 1840) et* Tales *(New York, 1845). Mais Baudelaire a laissé une telle empreinte sur les contes d'Edgar Poe qu'ils n'ont jamais été rendus à leur ordre initial. Il n'a traduit que quarante-six contes, vingt et un furent laissés de côté*[3]. *L'œuvre de Poe lui doit sa célébrité, mais aussi ses zones d'ombre...*

Double assassinat dans la rue Morgue *est l'acte de naissance d'un héros hors du commun : le policier Dupin*

1. *Correspondance* (Pléiade I, p. 192), Lettre à Madame Aupick du 27 mars 1852.

2. *Manuscrit trouvé dans une bouteille*, 21, 22 janvier 1855, *Double assassinat dans la rue Morgue*, 25, 26 février, 1er, 2, 3, 5, 6, 7 mars 1855, *La Lettre volée*, 7, 8, 12, 14 mars 1855.

3. Ces autres contes sont traduits par Alain Jaubert sous le titre *Ne pariez jamais votre tête au diable* (Folio n° 2048).

qui sera le « père » de Sherlock Holmes et autres Hercule Poirot et Maigret... Publiée en 1841, cette histoire est la première d'une trilogie qui comprend aussi La Lettre volée *et* Le Mystère de Marie Roget [1]. Double assassinat dans la rue Morgue *est sans doute l'histoire la plus célèbre. Dupin excelle à stupéfier par l'infaillibilité et la logique de son raisonnement : par exemple, au début du* Double assassinat, *il entreprend de lire dans les pensées de son interlocuteur. Conan Doyle, des années plus tard, reprendra ce trait pour créer le personnage de Sherlock Holmes (qui agace et émerveille à la fois le bon docteur Watson). La « trilogie Dupin » apparaît dans l'histoire du roman policier comme la mise en forme des lois qui démêlent une affaire criminelle ou mystérieuse : la célèbre méthode déductive. Résoudre le mystère de* La Lettre volée *est le second exploit de Dupin. Cette histoire met en lumière le paradoxe suivant : pour faire disparaître une lettre, il suffit de la mettre en évidence. « Élémentaire, mon cher Watson », dirait Sherlock Holmes...*

Le Manuscrit trouvé dans une bouteille *est d'un tout autre ordre. Cette histoire valut à Edgar Poe de gagner un concours de contes doté de cinquante dollars en 1833 ! Œuvre de jeunesse, inspirée de récits de voyages de grands navigateurs, ce conte s'apparente au récit d'aventures mêlé de fantastique : découverte de régions polaires, vaisseau fantôme... (L'histoire du vaisseau fantôme resurgira sous une autre forme dans* Les Aventures de Gordon Pym.)

1. Dans *Histoires grotesques et sérieuses* (Folio n° 1040).

Baudelaire a été hanté par l'écrivain américain : Les Fleurs du Mal, Les Curiosités esthétiques *ou* Le Spleen de Paris *reprennent certaines images ou idées de Poe. Mais cette hantise prend surtout sa source dans l'« incroyable sympathie » entre les deux écrivains et aboutit à une traduction originale qui respecte le désir de Poe : « L'impression que doit faire la version de l'original sur le public auquel elle s'adresse doit être identique à celle que fait l'original sur ses propres lecteurs. »*

AVERTISSEMENT

Dans cette édition bilingue, le texte français est davantage une adaptation qu'une traduction à proprement parler. S'agissant de Baudelaire, il va de soi que le résultat a une valeur littéraire qu'on ne saurait discuter : il n'était bien sûr pas question de combler les omissions qu'on peut repérer çà et là par rapport à l'original.

Mais nous avons voulu respecter la richesse de cette adaptation jusque dans les astuces typographiques qui donnent à la lecture son rythme : alinéas, majuscules, italique d'insistance, etc., ont été laissés tels que les avait voulus chacun des deux auteurs.

Le vis-à-vis a ici pour but de confronter et d'éclairer le talent de ces deux écrivains, plutôt que de faciliter la lecture du texte original.

Les notes en bas de page appelées par chiffres et signées [C.B.] sont de Charles Baudelaire.

Celles appelées par astérisques et signées [E.A.P.] sont d'Edgar Poe.

The Murders in the Rue Morgue

Double assassinat dans la rue Morgue

THE MURDERS IN THE RUE MORGUE

What song the Syrens sang or what name Achilles assumed when he did himself among women, although puzzling questions are not beyond all *conjecture.*

Sir Thomas Browne, *Urn-Burial.*

The mental features discoursed of as the analytical, are, in themselves, but little susceptible of analysis. We appreciate them only in their effects. We know of them, among other things, that they are always to their possessor, when inordinately possessed, a source of the liveliest enjoyment. As the strong man exults in his physical ability, delighting in such exercises as call his muscles into action, so glories the analyst in that moral activity which *disentangles.* He derives pleasure from even the most trivial occupations bringing his talents into play. He is fond of enigmas, of conundrums, of hieroglyphics;

DOUBLE ASSASSINAT DANS LA RUE MORGUE

Quelle chanson chantaient les Sirènes ? quel nom Achille avait-il pris, quand il se cachait parmi les femmes ? – questions embarrassantes, il est vrai, mais qui ne sont pas situées au-delà de toute conjecture.

Sir Thomas Browne.

Les facultés de l'esprit qu'on définit par le terme *analytiques* sont en elles-mêmes fort peu susceptibles d'analyse. Nous ne les apprécions que par leurs résultats. Ce que nous en savons, entre autres choses, c'est qu'elles sont pour celui qui les possède à un degré extraordinaire une source de jouissances des plus vives. De même que l'homme fort se réjouit dans son aptitude physique, se complaît dans les exercices qui provoquent les muscles à l'action, de même l'analyste prend sa gloire dans cette activité spirituelle dont la fonction est de débrouiller. Il tire du plaisir même des plus triviales occasions qui mettent ses talents en jeu. Il raffole des énigmes, des rébus, des hiéroglyphes ;

exhibiting in his solutions of each a degree of *acumen* which appears to the ordinary apprehension preternatural. His results, brought about by the very soul and essence of method, have, in truth, the whole air of intuition. The faculty of re-solution is possibly much invigorated by mathematical study, and especially by that highest branch of it which, unjustly, and merely on account of its retrograde operations, has been called, as if *par excellence*, analysis. Yet to calculate is not in itself to analyse. A chess-player, for example, does the one without effort at the other. It follows that the game of chess, in its effects upon mental character, is greatly misunderstood. I am not now writing a treatise, but simply prefacing a somewhat peculiar narrative by observations very much at random; I will, therefore, take occasion to assert that the higher powers of the reflective intellect are more decidedly and more usefully tasked by the unostentatious game of draughts than by all the elaborate frivolity of chess. In this latter, where the pieces have different and *bizarre* motions, with various and variable values, what is only complex is mistaken (a not unusual error) for what is profound. The *attention* is here called powerfully into play. If it flag for an instant, an oversight is committed, resulting in injury or defeat. The possible moves being not only manifold but involute,

il déploie dans chacune des solutions une puissance de perspicacité qui, dans l'opinion vulgaire, prend un caractère surnaturel. Les résultats, habilement déduits par l'âme même et l'essence de sa méthode, ont réellement tout l'air d'une intuition.

Cette faculté de *résolution* tire peut-être une grande force de l'étude des mathématiques, et particulièrement de la très haute branche de cette science, qui, fort improprement et simplement en raison de ses opérations rétrogrades, a été nommée l'analyse, comme si elle était l'analyse par excellence. Car, en somme, tout calcul n'est pas en soi une analyse. Un joueur d'échecs, par exemple, fait fort bien l'un sans l'autre. Il suit de là que le jeu d'échecs, dans ses effets sur la nature spirituelle, est fort mal apprécié. Je ne veux pas écrire ici un traité de l'analyse, mais simplement mettre en tête d'un récit passablement singulier quelques observations jetées tout à fait à l'abandon et qui lui serviront de préface.

Je prends donc cette occasion de proclamer que la haute puissance de la réflexion est bien plus activement et plus profitablement exploitée par le modeste jeu de dames que par toute la laborieuse futilité des échecs. Dans ce dernier jeu où les pièces sont douées de mouvements divers et bizarres, et représentent des valeurs diverses et variées, la complexité est prise, – erreur fort commune, – pour de la profondeur. L'attention y est puissamment mise en jeu. Si elle se relâche d'un instant, on commet une erreur, d'où il résulte une perte ou une défaite. Comme les mouvements possibles sont, non seulement variés, mais inégaux en *puissance*,

the chances of such oversights are multiplied; and in nine cases out of ten it is the more concentrative rather than the more acute player who conquers. In draughts, on the contrary, where the moves are *unique* and have but little variation, the probabilities of inadvertence are diminished, and the mere attention being left comparatively unemployed, what advantages are obtained by either party are obtained by superior *acumen*. To be less abstract – Let us suppose a game of draughts where the pieces are reduced to four kings, and where, of course, no oversight is to be expected. It is obvious that here the victory can be decided (the players being at all equal) only by some *recherché* movement, the result of some exertion of the intellect. Deprived of ordinary resources, the analyst throws himself into the spirit of his opponent, identifies himself therewith, and not unfrequently sees thus, at a glance, the sole methods (sometimes indeed absurdly simple ones) by which he may seduce into error or hurry into miscalculation.

Whist has long been noted for its influence upon what is termed the calculating power; and men of the highest order of intellect have been known to take an apparently unaccountable delight in it, while eschewing chess as frivolous. Beyond doubt there is nothing of a similar nature so greatly tasking the faculty of analysis. The best chess-player in Christendom *may* be little more than the best player of chess;

les chances de pareilles erreurs sont très multipliées ; et dans neuf cas sur dix, c'est le joueur le plus attentif qui gagne et non pas le plus habile. Dans les dames, au contraire, où le mouvement est simple dans son espèce et ne subit que peu de variations, les probabilités d'inadvertance sont beaucoup moindres, et l'attention n'étant pas absolument et entièrement accaparée, tous les avantages remportés par chacun des joueurs ne peuvent être remportés que par une perspicacité supérieure.

Pour laisser là ces abstractions, supposons un jeu de dames où la totalité des pièces soit réduite à quatre *dames*, et où naturellement il n'y ait pas lieu de s'attendre à des étourderies. Il est évident qu'ici la victoire ne peut être décidée, – les deux parties étant absolument égales, – que par une tactique habile, résultat de quelque puissant effort de l'intellect. Privé des ressources ordinaires, l'analyste entre dans l'esprit de son adversaire, s'identifie avec lui, et souvent découvre d'un seul coup d'œil l'unique moyen – un moyen quelquefois absurdement simple – de l'attirer dans une faute ou de le précipiter dans un faux calcul.

On a longtemps cité le whist pour son action sur la faculté du calcul ; et on a connu des hommes d'une haute intelligence qui semblaient y prendre un plaisir incompréhensible et dédaignaient les échecs comme un jeu frivole. En effet, il n'y a aucun jeu analogue qui fasse plus travailler la faculté de l'analyse. Le meilleur joueur d'échecs de la chrétienté ne peut guère être autre chose que le meilleur joueur d'échecs ;

but proficiency in whist implies capacity for success in all these more important undertakings where mind struggles with mind. When I say proficiency, I mean that perfection in the game which includes a comprehension of *all* the sources whence legitimate advantage may be derived. These are not only manifold but multiform, and lie frequently among recesses of thought altogether inaccessible to the ordinary understanding. To observe attentively is to remember distinctly; and, so far, the concentrative chess-player will do very well at whist; while the rules of Hoyle (themselves based upon the mere mechanism of the game) are sufficiently and generally comprehensible. Thus to have a retentive memory, and to proceed by 'the book', are points commonly regarded as the sum total of good playing. But it is in matters beyond the limits of mere rule that the skill of the analyst is evinced. He makes, in silence, a host of observations and inferences. So, perhaps, do his companions; and the difference in the extent of the information obtained, lies not so much in the validity of the inference as in the quality of the observation. The necessary knowledge is that of *what* to observe. Our player confines himself not at all; nor, because the game is the object, does he reject deductions from things external to the game. He examines the countenance of his partner, comparing it carefully with that of each of his opponents.

mais la force au whist implique la puissance de réussir dans toutes les spéculations bien autrement importantes où l'esprit lutte avec l'esprit.

Quand je dis la force, j'entends cette perfection dans le jeu qui comprend l'intelligence de tous les cas dont on peut légitimement faire son profit. Ils sont non seulement divers, mais complexes, et se dérobent souvent dans des profondeurs de la pensée absolument inaccessibles à une intelligence ordinaire.

Observer attentivement, c'est se rappeler distinctement ; et, à ce point de vue, le joueur d'échecs capable d'une attention très intense jouera fort bien au whist, puisque les règles de Hoyle, basées elles-mêmes sur le simple mécanisme du jeu, sont facilement et généralement intelligibles.

Aussi, avoir une mémoire fidèle et procéder d'après le livre sont des points qui constituent pour le vulgaire le *summum* du bien jouer. Mais c'est dans les cas situés au-delà de la règle que le talent de l'analyste se manifeste ; il fait en silence une foule d'observations et de déductions. Ses partenaires en font peut-être autant ; et la différence d'étendue dans les renseignements ainsi acquis ne gît pas tant dans la validité de la déduction que dans la qualité de l'observation. L'important, le principal est de savoir ce qu'il faut observer. Notre joueur ne se confine pas dans son jeu, et, bien que ce jeu soit l'objet actuel de son attention, il ne rejette pas pour cela les déductions qui naissent d'objets étrangers au jeu. Il examine la physionomie de son partenaire, il la compare soigneusement avec celle de chacun de ses adversaires.

He considers the mode of assorting the cards in each hand; often counting trump by trump, and honour by honour, through the glances bestowed by their holders upon each. He notes every variation of face as the play progresses, gathering a fund of thought from the differences in the expression of certainty, of surprise, of triumph, or chagrin. From the manner of gathering up a trick he judges whether the person taking it can make another in the suit. He recognizes what is played through feint, by the air with which it is thrown upon the table. A casual or inadvertent word; the accidental dropping or turning of a card, with the accompanying anxiety or carelessness in regard to its concealment; the counting of the tricks, with the order of their arrangement; embarrassment, hesitation, eagerness or trepidation – all afford, to his apparently intuitive perception, indications of the true state of affairs. The first two or three rounds having been played, he is in full possession of the contents of each hand, and thenceforward puts down his cards with as absolute a precision of purpose as if the rest of the party had turned outward the faces of their own.

The analytical power should not be confounded with simple ingenuity; for while the analyst is necessarily ingenious, the ingenious man is often remarkably incapable of analysis. The consecutive or combining power, by which ingenuity is usually manifested, and to which the phrenologists (I believe erroneously) have assigned a separate organ,

Il considère la manière dont chaque partenaire distribue ses cartes; il compte souvent, grâce aux regards que laissent échapper les joueurs satisfaits, les atouts et les *honneurs*, un à un. Il note chaque mouvement de la physionomie, à mesure que le jeu marche, et recueille un capital de pensées dans les expressions variées de certitude, de surprise, de triomphe ou de mauvaise humeur. À la manière de ramasser une levée, il devine si la même personne en peut faire une autre dans la suite. Il reconnaît ce qui est joué par feinte à l'air dont c'est jeté sur la table. Une parole accidentelle, involontaire, une carte qui tombe, ou qu'on retourne par hasard, qu'on ramasse avec anxiété ou avec insouciance; le compte des levées et l'ordre dans lequel elles sont rangées; l'embarras, l'hésitation, la vivacité, la trépidation, – tout est pour lui symptôme, diagnostic, tout rend compte à cette perception, – intuitive en apparence, – du véritable état des choses. Quand les deux ou trois premiers tours ont été faits, il possède à fond le jeu qui est dans chaque main, et peut dès lors jouer ses cartes en parfaite connaissance de cause, comme si tous les autres joueurs avaient retourné les leurs.

La faculté d'analyse ne doit pas être confondue avec la simple ingéniosité; car, pendant que l'analyste est nécessairement ingénieux, il arrive souvent que l'homme ingénieux est absolument incapable d'analyse. La faculté de combinaison, ou constructivité, par laquelle se manifeste généralement cette ingéniosité, et à laquelle les phrénologues – ils ont tort, selon moi – assignent un organe à part,

supposing it a primitive faculty, has been so frequently seen in those whose intellect bordered otherwise upon idiocy, as to have attracted general observations among writers on morals. Between ingenuity and the analytic ability there exists a difference far greater, indeed, than that between the fancy and the imagination, but of a character very strictly analogous. It will be found, in fact, that the ingenious are always fanciful, and the *truly* imaginative never otherwise than analytic.

The narrative which follows will appear to the reader somewhat in the light of a commentary upon the propositions just advanced.

Residing in Paris during the spring and part of the summer of 18..., I there became acquainted with a Monsieur C. Auguste Dupin. This young gentleman was of an excellent – indeed of an illustrious family, but, by a variety of untoward events, had been reduced to such poverty that the energy of his character succumbed beneath it, and he ceased to bestir himself in the world, or to care for the retrieval of his fortunes. By courtesy of his creditors, there still remained in his possession a small remnant of his patrimony; and, upon the income arising from this, he managed, by means of a rigorous economy, to procure the necessaries of life, without troubling himself about its superfluities. Books, indeed, were his sole luxuries, and in Paris these are easily obtained.

Our first meeting was at an obscure library in the Rue Montmartre,

– en supposant qu'elle soit une faculté primordiale, a paru dans des êtres dont l'intelligence était limitrophe de l'idiotie, assez souvent pour attirer l'attention générale des écrivains psychologistes. Entre l'ingéniosité et l'aptitude analytique, il y a une différence beaucoup plus grande qu'entre l'imaginative et l'imagination, mais d'un caractère rigoureusement analogue. En somme, on verra que l'homme ingénieux est toujours plein d'imaginative, et que l'homme *vraiment* imaginatif n'est jamais autre chose qu'un analyste.

Le récit qui suit sera pour le lecteur un commentaire lumineux des propositions que je viens d'avancer.

Je demeurais à Paris, – pendant le printemps et une partie de l'été de 18..., – et j'y fis la connaissance d'un certain C. Auguste Dupin. Ce jeune gentleman appartenait à une excellente famille, une famille illustre même; mais par une série d'événements malencontreux, il se trouva réduit à une telle pauvreté, que l'énergie de son caractère y succomba, et qu'il cessa de se pousser dans le monde et de s'occuper du rétablissement de sa fortune. Grâce à la courtoisie de ses créanciers, il resta en possession d'un petit reliquat de son patrimoine; et, sur la rente qu'il en tirait, il trouva moyen, par une économie rigoureuse, de subvenir aux nécessités de la vie, sans s'inquiéter autrement des superfluités. Les livres étaient véritablement son seul luxe, et à Paris on se les procure facilement.

Notre première connaissance se fit dans un obscur cabinet de lecture de la rue Montmartre,

where the accident of our both being in search of the same very rare and very remarkable volume, brought us into closer communion. We saw each other again and again. I was deeply interested in the little family history which he detailed to me with all that candour which a Frenchman indulges whenever mere self is the theme. I was astonished, too, at the vast extent of his reading; and, above all, I felt my soul enkindled within me by the wild fervour, and the vivid freshness of his imagination. Seeking in Paris the objects I then sought, I felt that the society of such a man would be to me a treasure beyond price; and this feeling I frankly confided to him. It was at length arranged that we should live together during my stay in the city; and as my worldly circumstances were somewhat less embarrassed than his own, I was permitted to be at the expense of renting, and furnishing in a style which suited the rather fantastic gloom of our common temper, a time-eaten and grotesque mansion, long deserted through superstitions into which we did not inquire, and tottering to its fall in a retired and desolate portion of the Faubourg St Germain.

Had the routine of our life at this place been known to the world, we should have been regarded as madmen – although, perhaps, as madmen of a harmless nature. Our seclusion was perfect. We admitted no visitors. Indeed the locality of our retirement had been carefully kept a secret from

par ce fait fortuit que nous étions tous deux à la recherche d'un même livre, fort remarquable et fort rare; cette coïncidence nous rapprocha. Nous nous vîmes toujours de plus en plus. Je fus profondément intéressé par sa petite histoire de famille, qu'il me raconta minutieusement avec cette candeur et cet abandon, – ce sans-façon du *moi*, – qui est le propre de tout Français quand il parle de ses propres affaires.

Je fus aussi fort étonné de la prodigieuse étendue de ses lectures, et par-dessus tout je me sentis l'âme prise par l'étrange chaleur et la vitale fraîcheur de son imagination. Cherchant dans Paris certains objets qui faisaient mon unique étude, je vis que la société d'un pareil homme serait pour moi un trésor inappréciable, et dès lors je me livrai franchement à lui. Nous décidâmes enfin que nous vivrions ensemble tout le temps de mon séjour dans cette ville; et comme mes affaires étaient un peu moins embarrassées que les siennes, je me chargeai de louer et de meubler, dans un style approprié à la mélancolie fantasque de nos deux caractères, une maisonnette antique et bizarre que des superstitions dont nous ne daignâmes pas nous enquérir avaient fait déserter, – tombant presque en ruine, et située dans une partie reculée et solitaire du faubourg Saint-Germain.

Si la routine de notre vie dans ce lieu avait été connue du monde, nous eussions passé pour deux fous, – peut-être pour des fous d'un genre inoffensif. Notre réclusion était complète; nous ne recevions aucune visite. Le lieu de notre retraite était resté un secret, – soigneusement gardé, – pour

my own former associates; and it had been many years since Dupin had ceased to know or be known in Paris. We existed within ourselves alone.

It was a freak of fancy in my friend (for what else shall I call it?) to be enamoured of the Night for her own sake; and into this *bizarrerie*, as into all his others, I quietly fell; giving myself up to his wild whims with a perfect *abandon*. The sable divinity would not herself dwell with us always; but we could counterfeit her presence. At the first dawn of the morning we closed all the massy shutters of our old building; lighted a couple of tapers which, strongly perfumed, threw out only the ghastliest and feeblest of rays. By the aid of these we then busied our souls in dreams – reading, writing, or conversing, until warned by the clock of the advent of the true Darkness. Then we sallied forth into the streets, arm in arm, continuing the topics of the day, or roaming far and wide until a late hour, seeking, amid the wild lights and shadows of the populous city, that infinity of mental excitement which quiet observation can afford.

At such times I could not help remarking and admiring (although from his rich ideality I had been prepared to expect it) a peculiar analytic ability in Dupin.

mes anciens camarades; et il y avait plusieurs années que Dupin avait cessé de voir du monde et de se répandre dans Paris. Nous ne vivions qu'entre nous.

Mon ami avait une bizarrerie d'humeur, – car comment définir cela? – c'était d'aimer la nuit pour l'amour de la nuit; la nuit était sa passion; – et je tombai moi-même tranquillement dans cette bizarrerie, comme dans toutes les autres qui lui étaient propres, me laissant aller au courant de toutes ses étranges originalités avec un parfait abandon. La noire divinité ne pouvait pas toujours demeurer avec nous; mais nous en faisions la contrefaçon. Au premier point du jour, nous fermions tous les lourds volets de notre masure, nous allumions une couple de bougies fortement parfumées, qui ne jetaient que des rayons très faibles et très pâles. Au sein de cette débile clarté, nous livrions chacun notre âme à ses rêves, nous lisions, nous écrivions, ou nous causions, jusqu'à ce que la pendule nous avertît du retour de la véritable obscurité. Alors, nous nous échappions à travers les rues, bras dessus bras dessous, continuant la conversation du jour, rôdant au hasard jusqu'à une heure très avancée, et cherchant à travers les lumières désordonnées et les ténèbres de la populeuse cité ces innombrables excitations spirituelles que l'étude paisible ne peut pas donner.

Dans ces circonstances, je ne pouvais m'empêcher de remarquer et d'admirer, – quoique la riche idéalité dont il était doué eût dû m'y préparer, – une aptitude analytique particulière chez Dupin.

He seemed, too, to take an eager delight in its exercise – if not exactly in its display – and did not hesitate to confess the pleasure thus derived. He boasted to me, with a low chuckling laugh, that most men, in respect to himself, wore windows in their bosoms, and was wont to follow up such assertions by direct and very startling proofs of his intimate knowledge of my own. His manner at these moments was frigid and abstract; his eyes were vacant in expression; while his voice, usually a rich tenor, rose into a treble which would have sounded petulantly but for the deliberateness and entire distinctness of the enunciation. Observing him in these moods, I often dwelt meditatively upon the old philosophy of the Bi-Part Soul, and amused myself with the fancy of a double Dupin – the creative and the resolvent.

Let it not be supposed, from what I have just said, that I am detailing any mystery, or penning any romance. What I have described in the Frenchman, was merely the result of an excited, or perhaps of a diseased intelligence. But of the character of his remarks at the periods in question an example will best convey the idea.

We were strolling one night down a long dirty street, in the vicinity of the Palais Royal. Being both, apparently, occupied with thought, neither of us had spoken a syllable for fifteen minutes at least. All at once Dupin broke forth with these words:

Il semblait prendre un délice âcre à l'exercer, – peut-être même à l'étaler, – et avouait sans façon tout le plaisir qu'il en tirait. Il me disait à moi, avec un petit rire tout épanoui, que bien des hommes avaient pour lui une fenêtre ouverte à l'endroit de leur cœur, et d'habitude il accompagnait une pareille assertion de preuves immédiates et des plus surprenantes, tirées d'une connaissance profonde de ma propre personne.

Dans ces moments-là ses manières étaient glaciales et distraites ; ses yeux regardaient dans le vide ; et cependant sa voix, – une riche voix de ténor, habituellement, – triplait en sonorité ; c'eût été de la pétulance, sans l'absolue délibération de son parler et la parfaite certitude de son accentuation. Je l'observais dans ces allures, et je rêvais souvent à la vieille philosophie de l'*âme double,* – je m'amusais de l'idée d'un Dupin double, – un Dupin créateur et un Dupin analyste.

Qu'on ne s'imagine pas, d'après ce que je viens de dire, que je vais dévoiler un grand mystère ou écrire un roman. Ce que j'ai remarqué dans ce singulier Français était simplement le résultat d'une intelligence surexcitée, – malade peut-être. Mais un exemple donnera une meilleure idée de la nature de ses observations à l'époque dont il s'agit.

Une nuit, nous flânions dans une longue rue sale, avoisinant le Palais-Royal. Nous étions plongés chacun dans nos propres pensées, en apparence du moins, et depuis près d'un quart d'heure, nous n'avions pas soufflé une syllabe. Tout à coup Dupin lâcha ces paroles :

'He is a very little fellow, that's true, and would do better for the *Théâtre des Variétés.*'

'There can be no doubt of that,' I replied unwittingly, and not at first observing (so much had I been absorbed in reflection) the extraordinary manner in which the speaker had chimed in with my meditations. In an instant afterwards I recollected myself, and my astonishment was profound.

'Dupin,' said I, gravely, 'this is beyond my comprehension. I do not hesitate to say that I am amazed, and can scarcely credit my senses. How was it possible you should know I was thinking of...?' Here I paused, to ascertain beyond a doubt whether he really knew of whom I thought.

– 'Of Chantilly,' said he, 'why do you pause? You were remarking to yourself that his diminutive figure unfitted him for tragedy.'

This was precisely what had formed the subject of my reflections. Chantilly was a *quondam* cobbler of the Rue St Denis, who, becoming stage-mad, had attempted the *rôle* of Xerxes, in Crébillon's tragedy so called, and been notoriously Pasquinaded for his pains.

'Tell me, for Heaven's sake,' I exclaimed, 'the method – if method there is – by which you have been enabled to fathom my soul in this matter.' In fact I was even more startled than I would have been willing to express.

'It was the fruiterer,' replied my friend, 'who brought you to the conclusion that the mender of soles was not of sufficient height for Xerxes *et id genus omne.*'

– C'est un bien petit garçon, en vérité ; et il serait mieux à sa place au théâtre des Variétés.

– Cela ne fait pas l'ombre d'un doute, répliquai-je sans y penser et sans remarquer d'abord, tant j'étais absorbé, la singulière façon dont l'interrupteur adaptait sa parole à ma propre rêverie. Une minute après, je revins à moi, et mon étonnement fut profond.

– Dupin, dis-je, très gravement, voilà qui passe mon intelligence. Je vous avoue, sans ambages, que j'en suis stupéfié, et que j'en peux à peine croire mes sens. Comment a-t-il pu se faire que vous ayez deviné que je pensais à... ? – Mais je m'arrêtai pour m'assurer indubitablement qu'il avait réellement deviné à qui je pensais.

– À Chantilly ? dit-il ; pourquoi vous interrompre ? Vous faisiez en vous-même la remarque que sa petite taille le rendait impropre à la tragédie.

C'était précisément ce qui faisait le sujet de mes réflexions. Chantilly était un ex-savetier de la rue Saint-Denis qui avait la rage du théâtre, et avait abordé le rôle de Xerxès dans la tragédie de Crébillon ; ses prétentions étaient dérisoires ; on en faisait des gorges chaudes.

– Dites-moi, pour l'amour de Dieu ! la méthode, – si méthode il y a, – à l'aide de laquelle vous avez pu pénétrer mon âme, dans le cas actuel !

En réalité, j'étais encore plus étonné que je n'aurais voulu le confesser.

– C'est le fruitier, répliqua mon ami, qui vous a amené à cette conclusion que le raccommodeur de semelles n'était pas de taille à jouer Xerxès et tous les rôles de ce genre.

'The fruiterer! – you astonish me – I know no fruiterer whomsoever.'

'The man who ran up against you as we entered the street – it may have been fifteen minutes ago.'

I now remembered that, in fact, a fruiterer, carrying upon his head a large basket of apples, had nearly thrown me down, by accident, as we passed from the Rue C..., into the thoroughfare where we stood; but what this had to do with Chantilly I could not possibly understand.

There was not a particle of *charlatanerie* about Dupin. 'I will explain,' he said, 'and that you may comprehend all clearly, we will first retrace the course of your meditations, from the moment in which I spoke to you until that of the *rencontre* with the fruiterer in question. The larger links of the chain run thus – Chantilly, Orion, Dr Nichols, Epicurus, Stereotomy, the street stones, the fruiterer.'

There are few persons who have not, at some period of their lives, amused themselves in retracing the steps by which particular conclusions of their own minds have been attained. The occupation is often full of interest; and he who attempts it for the first time is astonished by the apparently illimitable distance and incoherence between the starting-point and the goal. What, then, must have been my amazement when I heard the Frenchman speak what he had just spoken,

– Le fruitier ! vous m'étonnez ! je ne connais de fruitier d'aucune espèce.

– L'homme qui s'est jeté contre vous, quand nous sommes entrés dans la rue, – il y a peut-être un quart d'heure.

Je me rappelai alors qu'en effet un fruitier, portant sur sa tête un grand panier de pommes, m'avait presque jeté par terre par maladresse, comme nous passions de la rue C... dans l'artère principale où nous étions alors. Mais quel rapport cela avait-il avec Chantilly ? Il m'était impossible de m'en rendre compte.

Il n'y avait pas un atome de charlatanerie dans mon ami Dupin.

– Je vais vous expliquer cela, dit-il, et pour que vous puissiez comprendre tout très clairement, nous allons d'abord reprendre la série de vos réflexions, depuis le moment dont je vous parle jusqu'à la rencontre du fruitier en question. Les anneaux principaux de la chaîne se suivent ainsi : *Chantilly, Orion, le docteur Nichols, Épicure, la stéréotomie, les pavés, le fruitier.*

Il est peu de personnes qui ne se soient amusées, à un moment quelconque de leur vie, à remonter le cours de leurs idées et à rechercher par quels chemins leur esprit était arrivé à de certaines conclusions. Souvent cette occupation est pleine d'intérêt, et celui qui l'essaie pour la première fois est étonné de l'incohérence et de la distance, immense en apparence, entre le point de départ et le point d'arrivée.

Qu'on juge donc de mon étonnement quand j'entendis mon Français parler comme il avait fait,

and when I could not help acknowledging that he had spoken the truth. He continued:

'We had been talking of horses, if I remember aright, just before leaving the Rue C... This was the last subject we discussed. As we crossed into this street, a fruiterer, with a large basket upon his head, brushing quickly past us, thrust you upon a pile of paving-stones collected at a spot where the causeway is undergoing repair. You stepped upon one of the loose fragments, slipped, slightly strained your ankle, appeared vexed or sulky, muttered a few words, turned to look at the pile, and then proceeded in silence. I was not particularly attentive to what you did; but observation has become with me, of late, a species of necessity.

'You kept your eyes upon the ground – glancing, with a petulant expression, at the holes and ruts in the pavement (so that I saw you were still thinking of the stones), until we reached the little alley called Lamartine, which has been paved, by way of experiment, with the overlapping and riveted blocks. Here your countenance brightened up, and, perceiving your lips move, I could not doubt that you murmured the word 'stereotomy', a

et que je fus contraint de reconnaître qu'il avait dit la pure vérité.

Il continua :

– Nous causions de chevaux, – si ma mémoire ne me trompe pas, – juste avant de quitter la rue C... Ce fut notre dernier thème de conversation. Comme nous passions dans cette rue-ci, un fruitier, avec un gros panier sur la tête, passa précipitamment devant nous, vous jeta sur un tas de pavés amoncelés dans un endroit où la voie est en réparation. Vous avez mis le pied sur une des pierres branlantes; vous avez glissé, vous vous êtes légèrement foulé la cheville; vous avez paru vexé, grognon; vous avez marmotté quelques paroles; vous vous êtes retourné pour regarder le tas, puis vous avez continué votre chemin en silence. Je n'étais pas absolument attentif à tout ce que vous faisiez; mais pour moi l'observation est devenue, de vieille date, une espèce de nécessité.

« Vos yeux sont restés attachés sur le sol, – surveillant avec une espèce d'irritation les trous et les ornières du pavé (de façon que je voyais bien que vous pensiez toujours aux pierres), jusqu'à ce que nous eûmes atteint le petit passage qu'on nomme le passage Lamartine [1], où l'on vient de faire l'essai du pavé de bois, un système de blocs unis et solidement assemblés. Ici votre physionomie s'est éclaircie, j'ai vu vos lèvres remuer, et j'ai deviné, à n'en pas douter, que vous vous murmuriez le mot *stéréotomie*, un

1. Ai-je besoin d'avertir à propos de la rue Morgue, du passage Lamartine, etc., qu'Edgar Poe n'est jamais venu à Paris? [C. B.]

term very affectedly applied to this species of pavement. I knew that you could not say to yourself 'stereotomy'without being brought to think of atomies, and thus of the theories of Epicurus; and since, when we discussed this subject not very long ago, the vague guesses of that noble Greek had met with confirmation in the late nebular cosmogony, I felt that you could not avoid casting your eyes upwards to the great *nebula* in Orion, and I certainly expected that you would do so. You did look up; and I was now assured that I had correctly followed your steps. But in that bitter *tirade* upon Chantilly, which appeared in yesterday's '*Musée*', the satirist, making some disgraceful allusions to the cobbler's change of name upon assuming the buskin, quoted a Latin line about which we have often conversed. I mean the line

Perdidit antiquum littera prima sonum.

I had told you that this was in reference to Orion, formerly written Urion; and, from certain pungencies connected with this explanation, I was aware that you could not have forgotten it. It was clear, therefore, that you would not fail to combine the two ideas of Orion and Chantilly. That you did combine them I saw by the character of the smile which passed over your lips. You thought of the poor cobbler's immolation. So far, you had been stooping in your gait;

terme appliqué fort prétentieusement à ce genre de pavage. Je savais que vous ne pouviez pas dire stéréotomie sans être induit à penser aux atomes, et de là aux théories d'Épicure ; et, comme dans la discussion que nous eûmes, il n'y a pas longtemps, à ce sujet, je vous avais fait remarquer que les vagues conjectures de l'illustre Grec avaient été confirmées singulièrement, sans que personne y prît garde, par les dernières théories sur les nébuleuses et les récentes découvertes cosmogoniques, je sentis que vous ne pourriez pas empêcher vos yeux de se tourner vers la grande nébuleuse d'Orion ; je m'y attendais certainement. Vous n'y avez pas manqué, et je fus alors certain d'avoir strictement emboîté le pas de votre rêverie. Or, dans cette amère boutade sur Chantilly, qui a paru hier dans *le Musée,* l'écrivain satirique, en faisant des allusions désobligeantes au changement de nom du savetier quand il a chaussé le cothurne, citait un vers latin dont nous avons souvent causé. Je veux parler du vers :

Perdidit antiquum littera prima sonum.

Je vous avais dit qu'il avait trait à Orion, qui s'écrivait primitivement Urion ; et à cause d'une certaine acrimonie mêlée à cette discussion, j'étais sûr que vous ne l'aviez pas oubliée. Il était clair, dès lors, que vous ne pouviez pas manquer d'associer les deux idées d'Orion et de Chantilly. Cette association d'idées, je la vis au *style* du sourire qui traversa vos lèvres. Vous pensiez à l'immolation du pauvre savetier. Jusque-là, vous aviez marché courbé en deux,

but now I saw you draw yourself up to your full height. I was then sure that you reflected upon the diminutive figure of Chantilly. At this point I interrupted your meditations to remark that as, in fact, he *was* a very little fellow – that Chantilly – he would do better at the *Théâtre des Variétés*.'

Not long after this, we were looking over an evening edition of the *Gazette des Tribunaux*, when the following paragraphs arrested our attention.

'EXTRAORDINARY MURDERS. – This morning, about three o'clock, the inhabitants of the Quartier St Roch were aroused from sleep by a succession of terrific shrieks, issuing, apparently, from the fourth story of a house in the Rue Morgue, known to be in the sole occupancy of one Madame L'Espanaye, and her daughter, Mademoiselle Camille L'Espanaye. After some delay, occasioned by a fruitless attempt to procure admission in the usual manner, the gateway was broken in with a crowbar, and eight or ten of the neighbours entered, accompanied by two *gendarmes*. By this time the cries had ceased; but, as the party rushed up the first flight of stairs, two or more rough voices, in angry contention, were distinguished, and seemed to proceed from the upper part of the house. As the second landing was reached, these sounds, also, had ceased, and everything remained perfectly quiet. The party spread themselves, and hurried from room to room.

mais alors je vous vis vous redresser de toute votre hauteur. J'étais bien sûr que vous pensiez à la pauvre petite taille de Chantilly. C'est dans ce moment que j'interrompis vos réflexions pour vous faire remarquer que c'était vraiment un pauvre petit avorton que ce Chantilly, et qu'il serait bien mieux à sa place au théâtre des Variétés.

Peu de temps après cet entretien, nous parcourions l'édition du soir de la *Gazette des tribunaux*, quand les paragraphes suivants attirèrent notre attention :

« DOUBLE ASSASSINAT DES PLUS SINGULIERS. – Ce matin, vers trois heures, les habitants du quartier Saint-Roch furent réveillés par une suite de cris effrayants, qui semblaient venir du quatrième étage d'une maison de la rue Morgue, que l'on savait occupée en totalité par une dame l'Espanaye et sa fille, mademoiselle Camille l'Espanaye. Après quelques retards causés par des efforts infructueux pour se faire ouvrir à l'amiable, la grande porte fut forcée avec une pince, et huit ou dix voisins entrèrent, accompagnés de deux gendarmes.

« Cependant les cris avaient cessé ; mais, au moment où tout ce monde arrivait pêle-mêle au premier étage, on distingua deux fortes voix, peut-être plus, qui semblaient se disputer violemment, et venir de la partie supérieure de la maison. Quand on arriva au second palier, ces bruits avaient également cessé, et tout était parfaitement tranquille. Les voisins se répandirent de chambre en chambre.

Upon arriving at a large back chamber in the fourth storey (the door of which, being found locked, with the key inside, was forced open), a spectacle presented itself which struck every one present not less with horror than with astonishment.

'The apartment was in the wildest disorder – the furniture broken and thrown about in all directions. There was only one bedstead; and from this the bed had been removed, and thrown into the middle of the floor. On a chair lay a razor, besmeared with blood. On the hearth were two or three long and thick tresses of grey human hair, also dabbled in blood, and seeming to have been pulled out by the roots. Upon the floor were found four Napoleons, an ear-ring of topaz, three large silver spoons, three smaller of *métal d'Alger*, and two bags, containing nearly four thousand francs in gold. The drawers of a *bureau*, which stood in one corner, were open, and had been, apparently, rifled, although many articles still remained in them. A small iron safe was discovered under the *bed* (not under the bedstead). It was open, with the key still in the door. It had no contents beyond a few old letters, and other papers of little consequence.

'Of Madame L'Espanaye no traces were here seen; but an unusual quantity of soot being observed in the fireplace, a search was made in the chimney, and (horrible to relate!) the corpse of the daughter, head downwards, was dragged therefrom; it having been thus forced up the narrow aperture for a considerable distance. The body was quite warm. Upon examining it,

Arrivés à une vaste pièce située sur le derrière, au quatrième étage, et dont on força la porte qui était fermée, avec la clef en dedans, ils se trouvèrent en face d'un spectacle qui frappa tous les assistants d'une terreur non moins grande que leur étonnement.

« La chambre était dans le plus étrange désordre, – les meubles brisés et éparpillés dans tous les sens. Il n'y avait qu'un lit, les matelas en avaient été arrachés et jetés au milieu du parquet. Sur une chaise, on trouva un rasoir mouillé de sang ; dans l'âtre, trois longues et fortes boucles de cheveux gris, qui semblaient avoir été violemment arrachées avec leurs racines. Sur le parquet gisaient quatre napoléons, une boucle d'oreille ornée d'une topaze, trois grandes cuillers d'argent, trois plus petites en métal d'Alger, et deux sacs contenant environ quatre mille francs en or. Dans un coin, les tiroirs d'une commode étaient ouverts et avaient sans doute été mis au pillage, bien qu'on y ait trouvé plusieurs articles intacts. Un petit coffret de fer fut trouvé sous la literie (non pas sous le bois de lit) ; il était ouvert, avec la clef dans la serrure. Il ne contenait que quelques vieilles lettres et d'autres papiers sans importance.

« On ne trouva aucune trace de madame l'Espanaye ; mais on remarqua une quantité extraordinaire de suie dans le foyer ; on fit une recherche dans la cheminée, et, – chose horrible à dire ! – on en tira le corps de la demoiselle, la tête en bas, qui avait été introduit de force et poussé par l'étroite ouverture jusqu'à une distance assez considérable. Le corps était tout chaud. En l'examinant

many excoriations were perceived, no doubt occasioned by the violence with which it had been thrust up and down. Upon the face were many severe scratches, and, upon the throat, dark bruises, and deep indentations of fingernails, as if the deceased had been throttled to death.

'After a thorough investigation of every portion of the house, without farther discovery, the party made its way into a small paved yard in the rear of the building, where lay the corpse of the old lady, with her throat so entirely cut that, upon an attempt to raise her, the head fell off. The body, as well as the head, was fearfully mutilated – the former so much so as scarcely to retain any semblance of humanity.

'To this horrible mystery there is not as yet, we believe, the slightest clue.'

The next day's paper had these additional particulars.

'THE TRAGEDY IN THE RUE MORGUE. Many individuals have been examined in relation to this most extraordinary and frightful affair' (the word '*affaire*' has not yet, in France, that levity of import which it conveys with us), 'but nothing whatever has transpired to throw light upon it. We give below all the material testimony elicited.

'*Pauline Dubourg*, laundress, deposes that she has known both the deceased for three years, having washed for them during that period.

on découvrit de nombreuses excoriations, occasionnées sans doute par la violence avec laquelle il y avait été fourré, et qu'il avait fallu employer pour le dégager. La figure portait quelques fortes égratignures, et la gorge était stigmatisée par des meurtrissures noires et de profondes traces d'ongles, comme si la mort avait eu lieu par strangulation.

« Après un examen minutieux de chaque partie de la maison, qui n'amena aucune découverte nouvelle, les voisins s'introduisirent dans une petite cour pavée, située sur les derrières du bâtiment. Là gisait le cadavre de la vieille dame, avec la gorge si parfaitement coupée, que, quand on essaya de le relever, la tête se détacha du tronc. Le corps, aussi bien que la tête, était terriblement mutilé, et celui-ci à ce point qu'il gardait à peine une apparence humaine.

« Toute cette affaire reste un horrible mystère, et jusqu'à présent on n'a pas encore découvert, que nous sachions, le moindre fil conducteur. »

Le numéro suivant portait ces détails additionnels :

« LE DRAME DE LA RUE MORGUE. – Bon nombre d'individus ont été interrogés relativement à ce terrible et extraordinaire événement, mais rien n'a transpiré qui puisse jeter quelque jour sur l'affaire. Nous donnons ci-dessous les dépositions obtenues :

« Pauline Dubourg, blanchisseuse, dépose qu'elle a connu les deux victimes pendant trois ans, et qu'elle a blanchi pour elles pendant tout ce temps.

The old lady and her daughter seemed on good terms – very affectionate towards each other. They were excellent pay. Could not speak in regard to their mode or means of living. Believed that Madame L. told fortunes for a living. Was reputed to have money put by. Never met any persons in the house when she called for the clothes or took them home. Was sure that they had no servant in employ. There appeared to be no furniture in any part of the building except in the fourth storey.

'*Pierre Moreau*, tobacconist, deposes that he has been in the habit of selling small quantities of tobacco and snuff to Madame L'Espanaye for nearly four years. Was born in the neighbourhood, and has always resided there. The deceased and her daughter had occupied the house in which the corpses were found, for more than six years. It was formerly occupied by a jeweller, who under-let the upper rooms to various persons. The house was the property of Madame L. She became dissatisfied with the abuse of the premises by her tenant, and moved into them herself, refusing to let any portion. The old lady was childish. Witness had seen the daughter some five or six times during the six years. The two lived an exceedingly retired life – were reputed to have money. Had heard it said among the neighbours that Madame L. told fortunes – did not believe it. Had never seen any person enter the door

La vieille dame et sa fille semblaient en bonne intelligence, – très affectueuses l'une envers l'autre. C'étaient de bonnes *payes.* Elle ne peut rien dire relativement à leur genre de vie et à leurs moyens d'existence. Elle croit que madame l'Espanaye disait la bonne aventure pour vivre. Cette dame passait pour avoir de l'argent de côté. Elle n'a jamais rencontré personne dans la maison, quand elle venait rapporter ou prendre le linge. Elle est sûre que ces dames n'avaient aucun domestique à leur service. Il lui a semblé qu'il n'y avait de meubles dans aucune partie de la maison, excepté au quatrième étage.

« Pierre Moreau, marchand de tabac, dépose qu'il fournissait habituellement madame l'Espanaye, et lui vendait de petites quantités de tabac, quelquefois en poudre. Il est né dans le quartier et y a toujours demeuré. La défunte et sa fille occupaient depuis plus de six ans la maison où l'on a trouvé leurs cadavres. Primitivement elle était habitée par un bijoutier, qui sous-louait les appartements supérieurs à différentes personnes. La maison appartenait à madame l'Espanaye. Elle s'était montrée très mécontente de son locataire qui endommageait les lieux; elle était venue habiter sa propre maison, refusant d'en louer une seule partie. La bonne dame était en enfance. Le témoin a vu la fille cinq ou six fois dans l'intervalle de ces six années. Elles menaient toutes deux une vie excessivement retirée; elles passaient pour avoir de quoi. Il a entendu dire chez les voisins que madame l'Espanaye disait la bonne aventure; il ne le croit pas. Il n'a jamais vu personne franchir la porte,

except the old lady and her daughter, a porter once or twice, and a physician some eight or ten times.

'Many other persons, neighbours, gave evidence to the same effect. No one was spoken of as frequenting the house. It was not known whether there were any living connections of Madame L. and her daughter. The shutters of the front windows were seldom opened. Those in the rear were always closed, with the exception of the large back room, fourth storey. The house was a good house – not very old.

'*Isidore Musèt, gendarme*, deposes that he was called to the house about three o'clock in the morning, and found some twenty or thirty persons at the gateway, endeavouring to gain admittance. Forced it open, at length, with a bayonet – not with a crowbar. Had but little difficulty in getting it open, on account of its being a double or folding gate, and bolted neither at bottom nor top. The shrieks were continued until the gate was forced – and then suddenly ceased. They seemed to be screams of some person (or persons) in great agony – were loud and drawn out, not short and quick. Witness led the way upstairs. Upon reaching the first landing, heard two voices in loud and angry contention – the one a gruff voice, the other much shriller – a very strange voice. Could distinguish some words of the former, which was that of a Frenchman. Was positive that it was not a woman's voice. Could distinguish the words "*sacré*" and "*diable*". The shrill voice was that of a foreigner.

excepté la vieille dame et sa fille, un commissionnaire une ou deux fois, et un médecin huit ou dix.

« Plusieurs autres personnes du voisinage déposent dans le même sens. On ne cite personne comme ayant fréquenté la maison. On ne sait pas si la dame et sa fille avaient des parents vivants. Les volets des fenêtres de face s'ouvraient rarement. Ceux de derrière étaient toujours fermés, excepté aux fenêtres de la grande arrière-pièce du quatrième étage. La maison était une assez bonne maison, pas trop vieille.

« Isidore Muset, gendarme, dépose qu'il a été mis en réquisition, vers trois heures du matin, et qu'il a trouvé à la grande porte vingt ou trente personnes qui s'efforçaient de pénétrer dans la maison. Il l'a forcée avec une baïonnette et non pas avec une pince. Il n'a pas eu grand-peine à l'ouvrir, parce qu'elle était à deux battants, et n'était verrouillée ni par en haut, ni par en bas. Les cris ont continué jusqu'à ce que la porte fût enfoncée, puis ils ont soudainement cessé. On eût dit les cris d'une ou de plusieurs personnes en proie aux plus vives douleurs ; des cris très hauts, très prolongés, – non pas des cris brefs, ni précipités. Le témoin a grimpé l'escalier. En arrivant au premier palier, il a entendu deux voix qui se disputaient très haut et très aigrement ; – l'une, une voix rude, l'autre beaucoup plus aiguë, une voix très singulière. Il a distingué quelques mots de la première, c'était celle d'un Français. Il est certain que ce n'était pas une voix de femme. Il a pu distinguer les mots *sacré* et *diable.* La voix aiguë était celle d'un étranger.

Could not be sure whether it was the voice of a man or of a woman. Could not make out what was said, but believed the language to be Spanish. The state of the room and of the bodies was described by this witness as we described them yesterday.

'*Henri Duval*, a neighbour, and by trade a silversmith, deposes that he was one of the party who first entered the house. Corroborates the testimony of Musèt in general. As soon as they forced an entrance, they reclosed the door, to keep out the crowd, which collected very fast, notwithstanding the lateness of the hour. The shrill voice, the witness thinks, was that of an Italian. Was certain it was not French. Could not be sure that it was a man's voice. It might have been a woman's. Was not acquainted with the Italian language. Could not distinguish the words, but was convinced by the intonation that the speaker was an Italian. Knew Madame L. and her daughter. Had conversed with both frequently. Was sure that the shrill voice was not that of either of the deceased.

'– *Odenheimer, restaurateur*. This witness volunteered his testimony. Not speaking French, was examined through an interpreter. Is a native of Amsterdam. Was passing the house at the time of the shrieks. They lasted for several minutes – probably ten. They were long and loud – very awful and distressing. Was one of those who entered the building. Corroborated the previous evidence in

Il ne sait pas précisément si c'était une voix d'homme ou de femme. Il n'a pu deviner ce qu'elle disait, mais il présume qu'elle parlait espagnol. Ce témoin rend compte de l'état de la chambre et des cadavres dans les mêmes termes que nous l'avons fait hier.

« Henri Duval, un voisin, et orfèvre de son état, dépose qu'il faisait partie du groupe de ceux qui sont entrés les premiers dans la maison. Confirme généralement le témoignage de Muset. Aussitôt qu'ils se sont introduits dans la maison, ils ont refermé la porte pour barrer le passage à la foule qui s'amassait considérablement, malgré l'heure plus que matinale. La voix aiguë, à en croire le témoin, était une voix d'Italien. À coup sûr ce n'était pas une voix française. Il ne sait pas au juste si c'était une voix de femme, cependant cela pourrait bien être. Le témoin n'est pas familiarisé avec la langue italienne ; il n'a pu distinguer les paroles, mais il est convaincu d'après l'intonation que l'individu qui parlait était un Italien. Le témoin a connu madame l'Espanaye et sa fille. Il a fréquemment causé avec elles. Il est certain que la voix aiguë n'était celle d'aucune des victimes.

« Odenheimer, restaurateur. Ce témoin s'est offert de lui-même. Il ne parle pas français, et on l'a interrogé par le canal d'un interprète. Il est né à Amsterdam. Il passait devant la maison au moment des cris. Ils ont duré quelques minutes, dix minutes peut-être. C'étaient des cris prolongés, très hauts, très effrayants, – des cris navrants. Odenheimer est un de ceux qui ont pénétré dans la maison. Il confirme le témoignage précédent, à

every respect but one. Was sure that the shrill voice was that of a man – of a Frenchman. Could not distinguish the words uttered. They were loud and quick – unequal – spoken apparently in fear as well as in anger. The voice was harsh – not so much shrill as harsh. Could not call it a shrill voice. The gruff voice said repeatedly "*sacré*", "*diable*", and once "*mon Dieu*".

'*Jules Mignaud*, banker, of the firm of Mignaud et Fils, Rue Deloraine. Is the elder Mignaud. Madame L'Espanaye had some property. Had opened an account with his banking house in the spring of the year – (eight years previously). Made frequent deposits in small sums. Had checked for nothing until the third day before her death, when she took out in person the sum of 4000 francs. This sum was paid in gold, and a clerk sent home with the money.

'*Adolphe Le Bon*, clerk to Mignaud et Fils, deposes that on the day in question, about noon, he accompanied Madame L'Espanaye to her residence with the 4 000 francs, put up in two bags. Upon the door being opened, Mademoiselle L. appeared and took from his hands one of the bags, while the old lady relieved him of the other. He then bowed and departed. Did not see any person in the street at the time. It is a bye-street – very lonely.'

'*William Bird*, tailor, deposes that he was one of the party who entered the house. Is an Englishman. Has lived in Paris two years. Was one of the first to ascend the stairs. Heard the voices in contention. The gruff voice was that of a

l'exception d'un seul point. Il est sûr que la voix aiguë était celle d'un homme, – d'un Français. Il n'a pu distinguer les mots articulés. On parlait haut et vite, – d'un ton inégal, – et qui exprimait la crainte aussi bien que la colère. La voix était âpre, plutôt âpre qu'aiguë. Il ne peut appeler cela précisément une voix aiguë. La grosse voix dit à plusieurs reprises : *sacré*, – *diable*, – et une fois : *mon Dieu !*

«Jules Mignaud, banquier de la maison Mignaud et fils, rue Deloraine. Il est l'aîné des Mignaud. Madame l'Espanaye avait quelque fortune. Il lui avait ouvert un compte dans sa maison, huit ans auparavant, au printemps. Elle a souvent déposé chez lui de petites sommes d'argent. Il ne lui a rien délivré jusqu'au troisième jour avant sa mort, où elle est venue lui demander en personne une somme de quatre mille francs. Cette somme lui a été payée en or, et un commis a été chargé de la lui porter chez elle.

« Adolphe Lebon, commis chez Mignaud et fils, dépose que, le jour en question, vers midi, il a accompagné madame l'Espanaye à son logis, avec les quatre mille francs, en deux sacs. Quand la porte s'ouvrit, mademoiselle l'Espanaye parut, et lui prit des mains l'un des deux sacs, pendant que la vieille dame le déchargeait de l'autre. Il les salua et partit. Il n'a vu personne dans la rue en ce moment. C'est une rue borgne, très solitaire.

« William Bird, tailleur, dépose qu'il est un de ceux qui se sont introduits dans la maison. Il est anglais. Il a vécu deux ans à Paris. Il est un des premiers qui ont monté l'escalier. Il a entendu les voix qui se disputaient. La voix rude était celle d'un

Frenchman. Could make out several words, but cannot now remember all. Heard distinctly "*sacré*" and "*mon Dieu*". There was a sound at the moment as if of several persons struggling – a scraping and scuffling sound. The shrill voice was very loud – louder than the gruff one. Is sure that it was not the voice of an Englishman. Appeared to be that of a German. Might have been a woman's voice. Does not understand German.

'Four of the above-named witnesses, being recalled, deposed that the door of the chamber in which was found the body of Mademoiselle L. was locked on the inside when the party reached it. Everything was perfectly silent – no groans or noises of any kind. Upon forcing the door no person was seen. The windows, both of the back and front room, were down and firmly fastened from within. A door between the two rooms was closed, but not locked. The door leading from the front room into the passage was locked, with the key on the inside. A small room in the front of the house, on the fourth storey, at the head of the passage, was open, the door being ajar. This room was crowded with old beds, boxes, and so forth. These were carefully removed and searched. There was not an inch of any portion of the house which was not carefully searched. Sweeps were sent up and down the chimneys. The house was a four-storey one, with garrets (*mansardes*).

Français. Il a pu distinguer quelques mots, mais il ne se les rappelle pas. Il a entendu distinctement *sacré* et *mon Dieu*. C'était en ce moment un bruit comme de plusieurs personnes qui se battent, – le tapage d'une lutte et d'objets qu'on brise. La voix aiguë était très forte, plus forte que la voix rude. Il est sûr que ce n'était pas une voix d'Anglais. Elle lui sembla une voix d'Allemand ; peut-être bien une voix de femme. Le témoin ne sait pas l'allemand.

« Quatre des témoins ci-dessus mentionnés ont été assignés de nouveau, et ont déposé que la porte de la chambre où fut trouvé le corps de mademoiselle l'Espanaye était fermée en dedans quand ils y arrivèrent. Tout était parfaitement silencieux ; ni gémissements, ni bruits d'aucune espèce. Après avoir forcé la porte, ils ne virent personne.

« Les fenêtres, dans la chambre de derrière et dans celle de face, étaient fermées et solidement assujetties en dedans. Une porte de communication était fermée, mais pas à clef. La porte qui conduit de la chambre du devant au corridor était fermée à clef, et la clef en dedans ; une petite pièce sur le devant de la maison, au quatrième étage, à l'entrée du corridor, ouverte, et la porte entrebâillée ; cette pièce, encombrée de vieux bois de lit, de malles, etc. On a soigneusement dérangé et visité tous ces objets. Il n'y a pas un pouce d'une partie quelconque de la maison qui n'ait été soigneusement visité. On a fait pénétrer des ramoneurs dans les cheminées. La maison est à quatre étages avec des mansardes.

A trap-door on the roof was nailed down very securely – did not appear to have been opened for years. The time elapsing between the hearing of the voices in contention and the breaking open of the room door, was variously stated by the witnesses. Some made it as short as three minutes – some as long as five. The door was opened with difficulty.

'*Alfonzo Carcio*, undertaker, deposes that he resides in the Rue Morgue. Is a native of Spain. Was one of the party who entered the house. Did not proceed up-stairs. Is nervous, and was apprehensive of the consequences of agitation. Heard the voices in contention. The gruff voice was that of a Frenchman. Could not distinguish what was said. The shrill voice was that of an Englishman – is sure of that. Does not understand the English language, but judges by the intonation.

'*Alberto Montani*, confectioner, deposes that he was among the first to ascend the stairs. Heard the voices in question. The gruff voice was that of a Frenchman. Distinguished several words. The speaker appeared to be expostulating. Could not make out the words of the shrill voice. Spoke quick and unevenly. Thinks it the voice of a Russian. Corroborates the general testimony. Is an Italian. Never conversed with a native of Russia.

'Several witnesses, recalled, here testified that the chimneys of all the rooms on the fourth storey were too narrow to admit the passage of a

Une trappe qui donne sur le toit était condamnée et solidement fermée avec des clous; elle ne semblait pas avoir été ouverte depuis des années. Les témoins varient sur la durée du temps écoulé entre le moment où l'on a entendu les voix qui se disputaient et celui où l'on a forcé la porte de la chambre. Quelques-uns l'évaluent très court, deux ou trois minutes, – d'autres, cinq minutes. La porte ne fut ouverte qu'à grand-peine.

« Alfonso Garcio, entrepreneur des pompes funèbres, dépose qu'il demeure rue Morgue. Il est né en Espagne. Il est un de ceux qui ont pénétré dans la maison. Il n'a pas monté l'escalier. Il a les nerfs très délicats, et redoute les conséquences d'une violente agitation nerveuse. Il a entendu les voix qui se disputaient. La grosse voix était celle d'un Français. Il n'a pu distinguer ce qu'elle disait. La voix aiguë était celle d'un Anglais, il en est bien sûr. Le témoin ne sait pas l'anglais, mais il juge d'après l'intonation.

« Alberto Montani, confiseur, dépose qu'il fut des premiers qui montèrent l'escalier. Il a entendu les voix en question. La voix rauque était celle d'un Français. Il a distingué quelques mots. L'individu qui parlait semblait faire des remontrances. Il n'a pas pu deviner ce que disait la voix aiguë. Elle parlait vite et par saccades. Il l'a prise pour la voix d'un Russe. Il confirme en général les témoignages précédents. Il est italien; il avoue qu'il n'a jamais causé avec un Russe.

« Quelques témoins, rappelés, certifient que les cheminées dans toutes les chambres, au quatrième étage, sont trop étroites pour livrer passage à un

human being. By "sweeps" were meant cylindrical sweeping-brushes, such as are employed by those who clean chimneys. These brushes were passed up and down every flue in the house. There is no back passage by which any one could have descended while the party proceeded upstairs. The body of Mademoiselle L'Espanaye was so firmly wedged in the chimney that it could not be got down until four or five of the party united their strength.

'*Paul Dumas*, physician, deposes that he was called to view the bodies about daybreak. They were both then lying on the sacking of the bedstead in the chamber where Mademoiselle L. was found. The corpse of the young lady was much bruised and excoriated. The fact that it had been thrust up the chimney would sufficiently account for these appearances. The throat was greatly chafed. There were several deep scratches just below the chin, together with a series of livid spots which were evidently the impression of fingers. The face was fearfully discoloured, and the eyeballs protruded. The tongue had been partially bitten through. A large bruise was discovered upon the pit of the stomach, produced, apparently, by the pressure of a knee. In the opinion of M. Dumas, Mademoiselle L'Espanaye had been throttled to death by some person or persons unknown. The corpse of the mother was horribly mutilated. All the bones of the right leg and arm were more or less shattered. The left *tibia* much splintered,

être humain. Quand ils ont parlé de ramonage, ils voulaient parler de ces brosses en forme de cylindres dont on se sert pour nettoyer les cheminées. On a fait passer ces brosses du haut en bas dans tous les tuyaux de la maison. Il n'y a sur le derrière aucun passage qui ait pu favoriser la fuite d'un assassin, pendant que les témoins montaient l'escalier. Le corps de mademoiselle l'Espanaye était si solidement engagé dans la cheminée, qu'il a fallu, pour le retirer, que quatre ou cinq des témoins réunissent leurs forces.

« Paul Dumas, médecin, dépose qu'il a été appelé au point du jour pour examiner les cadavres. Ils gisaient tous les deux sur le fond de sangle du lit dans la chambre où avait été trouvée mademoiselle l'Espanaye. Le corps de la jeune dame était fortement meurtri et excorié. Ces particularités s'expliquent suffisamment par le fait de son introduction dans la cheminée. La gorge était singulièrement écorchée. Il y avait, juste au-dessous du menton, plusieurs égratignures profondes, avec une rangée de taches livides, résultant évidemment de la pression des doigts. La face était affreusement décolorée, et les globes des yeux sortaient de la tête. La langue était coupée à moitié. Une large meurtrissure se manifestait au creux de l'estomac, produite, selon toute apparence, par la pression d'un genou. Dans l'opinion de M. Dumas, mademoiselle l'Espanaye avait été étranglée par un ou par plusieurs individus inconnus.

« Le corps de la mère était horriblement mutilé. Tous les os de la jambe et du bras gauche plus ou moins fracassés; le tibia gauche brisé en esquilles,

as well as all the ribs of the left side. Whole body dreadfully bruised and discoloured. It was not possible to say how the injuries had been inflicted. A heavy club of wood, or a broad bar of iron – a chair – any large, heavy, and obtuse weapon would have produced such results, if wielded by the hands of a very powerful man. No woman could have inflicted the blows with any weapon. The head of the deceased, when seen by witness, was entirely separated from the body, and was also greatly shattered. The throat had evidently been cut with some very sharp instrument – probably with a razor.

'*Alexandre Etienne*, surgeon, was called with M. Dumas to view the bodies. Corroborated the testimony, and the opinions of M. Dumas.

'Nothing farther of importance was elicited, although several other persons were examined. A murder so mysterious, and so perplexing in all its particulars, was never before committed in Paris – if indeed a murder has been committed at all. The police are entirely at fault – an unusual occurrence in affairs of this nature. There is not, however, the shadow of a clue apparent.'

The evening edition of the paper stated that the greatest excitement still continued in the Quartier St Roch – that the premises in question had been carefully re-searched, and fresh examinations of witnesses instituted, but all to no purpose. A postscript, however, mentioned that Adolphe Le Bon

ainsi que les côtes du même côté. Tout le corps affreusement meurtri et décoloré. Il était impossible de dire comment de pareils coups avaient été portés. Une lourde massue de bois ou une large pince de fer, une arme grosse, pesante, et contondante auraient pu produire de pareils résultats, et encore maniées par les mains d'un homme excessivement robuste. Avec n'importe quelle arme, aucune femme n'aurait pu frapper de tels coups. La tête de la défunte, quand le témoin la vit, était entièrement séparée du tronc, et, comme le reste, singulièrement broyée. La gorge évidemment avait été tranchée avec un instrument très affilé, très probablement un rasoir.

« Alexandre Étienne, chirurgien, a été appelé en même temps que M. Dumas pour visiter les cadavres; il confirme le témoignage et l'opinion de M. Dumas.

« Quoique plusieurs autres personnes aient été interrogées, on n'a pu obtenir aucun autre renseignement d'une valeur quelconque. Jamais assassinat si mystérieux, si embrouillé, n'a été commis à Paris, si toutefois il y a eu assassinat.

« La police est absolument déroutée, – cas fort inusité dans les affaires de cette nature. Il est vraiment impossible de retrouver le fil de cette affaire. »

L'édition du soir constatait qu'il régnait une agitation permanente dans le quartier Saint-Roch; que les lieux avaient été l'objet d'un second examen, que les témoins avaient été interrogés de nouveau, mais tout cela sans résultat. Cependant, un *post-scriptum* annonçait qu'Adolphe Lebon,

had been arrested and imprisoned – although nothing appeared to criminate him, beyond the facts already detailed.

Dupin seemed singularly interested in the progress of this affair – at least so I judged from his manner, for he made no comments. It was only after the announcement that Le Bon had been imprisoned, that he asked me my opinion respecting the murders.

I could merely agree with all Paris in considering them an insoluble mystery. I saw no means by which it would be possible to trace the murderer.

'We must not judge of the means,' said Dupin, 'by this shell of an examination. The Parisian police, so much extolled for *acumen*, are cunning, but no more. There is no method in their proceedings, beyond the method of the moment. They make a vast parade of measures; but, not unfrequently, these are so ill adapted to the objects proposed, as to put us in mind of Monsieur Jourdain's calling for his *robe-de-chambre – pour mieux entendre la musique*. The results attained by them are not unfrequently surprising, but, for the most part, are brought about by simple diligence and activity. When these qualities are unavailing, their schemes fail. Vidocq, for example, was a good guesser, and a persevering man. But, without educated thought, he erred continually by the very intensity of his investigations. He impaired his vision by holding

le commis de la maison de banque, avait été arrêté et incarcéré, bien que rien dans les faits déjà connus ne parût suffisant pour l'incriminer.

Dupin semblait s'intéresser singulièrement à la marche de cette affaire, autant, du moins, que j'en pouvais juger par ses manières, car il ne faisait aucun commentaire. Ce fut seulement après que le journal eut annoncé l'emprisonnement de Lebon qu'il me demanda quelle opinion j'avais relativement à ce double meurtre.

Je ne pus que lui confesser que j'étais comme tout Paris, et que je le considérais comme un mystère insoluble. Je ne voyais aucun moyen d'attraper la trace du meurtrier.

– Nous ne devons pas juger des moyens possibles, dit Dupin, par cette instruction embryonnaire. La police parisienne, si vantée pour sa pénétration, est très rusée, rien de plus. Elle procède sans méthode, elle n'a pas d'autre méthode que celle du moment. On fait ici un grand étalage de mesures, mais il arrive souvent qu'elles sont si intempestives et si mal appropriées au but, qu'elles font penser à M. Jourdain, qui demandait *sa robe de chambre – pour mieux entendre la musique.* Les résultats obtenus sont quelquefois surprenants, mais ils sont, pour la plus grande partie, simplement dus à la diligence et à l'activité. Dans le cas où ces facultés sont insuffisantes, les plans ratent. Vidocq, par exemple, était bon pour deviner; c'était un homme de patience; mais sa pensée n'étant pas suffisamment éduquée, il faisait continuellement fausse route, par l'ardeur même de ses investigations. Il diminuait la force de sa vision en regardant

the object too close. He might see, perhaps, one or two points with unusual clearness, but in so doing he, necessarily, lost sight of the matter as a whole. Thus there is such a thing as being too profound. Truth is not always in a well. In fact, as regards the more important knowledge, I do believe that she is invariably superficial. The depth lies in the valleys where we seek her, and not upon the mountain-tops where she is found. The modes and sources of this kind of error are well typified in the contemplation of the heavenly bodies. To look at a star by glances – to view it in a side-long way, by turning towards it the exterior portions of the *retina* (more susceptible of feeble impressions of light than the interior), is to behold the star distinctly – is to have the best appreciation of its lustre – a lustre which grows dim just in proportion as we turn our vision *fully* upon it. A greater number of rays actually fall upon the eye in the latter case, but, in the former, there is the more refined capacity for comprehension. By undue profundity we perplex and enfeeble thought; and it is possible to make even Venus herself vanish from the firmament by a scrutiny too sustained, too concentrated, or too direct.

'As for these murders, let us enter into some examinations for ourselves, before we make up an opinion respecting them. An inquiry will afford us amusement' (I thought this an odd term, so applied, but said nothing), 'and, besides, Le Bon

l'objet de trop près. Il pouvait peut-être voir un ou deux points avec une netteté singulière, mais, par le fait même de son procédé, il perdait l'aspect de l'affaire prise dans son ensemble. Cela peut s'appeler le moyen d'être trop profond. La vérité n'est pas toujours dans un puits. En somme, quant à ce qui regarde les notions qui nous intéressent de plus près, je crois qu'elle est invariablement à la surface. Nous la cherchons dans la profondeur de la vallée : c'est du sommet des montagnes que nous la découvrirons.

« On trouve dans la contemplation des corps célestes des exemples et des échantillons excellents de ce genre d'erreur. Jetez sur une étoile un rapide coup d'œil, regardez-la obliquement, en tournant vers elle la partie latérale de la rétine (beaucoup plus sensible à une lumière faible que la partie centrale), et vous verrez l'étoile distinctement; vous aurez l'appréciation la plus juste de son éclat, éclat qui s'obscurcit à proportion que vous dirigez votre vue en plein sur elle. Dans le dernier cas, il tombe sur l'œil un plus grand nombre de rayons; mais, dans le premier, il y a une réceptibilité plus complète, une susceptibilité beaucoup plus vive. Une profondeur outrée affaiblit la pensée et la rend perplexe; et il est possible de faire disparaître Vénus elle-même du firmament par une attention trop soutenue, trop concentrée, trop directe.

« Quant à cet assassinat, faisons nous-mêmes un examen avant de nous former une opinion. Une enquête nous procurera de l'amusement (je trouvai cette expression bizarre, appliquée au cas en question, mais je ne dis mot) ; et, en outre, Lebon

once rendered me a service for which I am not ungrateful. We will go and see the premises with our own eyes. I know G..., the Prefect of Police, and shall have no difficulty in obtaining the necessary permission.'

The permission was obtained, and we proceeded at once to the Rue Morgue. This is one of those miserable thoroughfares which intervene between the Rue Richelieu and the Rue St Roch. It was late in the afternoon when we reached it; as this quarter is at a great distance from that in which we resided. The house was readily found; for there were still many persons gazing up at the closed shutters, with an objectless curiosity, from the opposite side of the way. It was an ordinary Parisian house, with a gateway, on one side of which was a glazed watch-box, with a sliding panel in the window, indicating a *loge de concierge*. Before going in we walked up the street, turned down an alley, and then, again, turning, passed in the rear of the building – Dupin, meanwhile, examining the whole neighbourhood, as well as the house, with a minuteness of attention for which I could see no possible object.

Retracing our steps, we came again to the front of the dwelling, rang, and, having shown our credentials, were admitted by the agents in charge. We went upstairs – into the chamber where the body of Mademoiselle L'Espanaye had been found, and where both the deceased still lay. The disorders of the room had, as usual, been suffered to exist. I saw nothing beyond what had been stated in the *Gazette des Tribunaux*. Dupin

m'a rendu un service pour lequel je ne veux pas me montrer ingrat. Nous irons sur les lieux, nous les examinerons de nos propres yeux. Je connais G..., le préfet de police, et nous obtiendrons sans peine l'autorisation nécessaire.

L'autorisation fut accordée, et nous allâmes tout droit à la rue Morgue. C'est un de ces misérables passages qui relient la rue Richelieu à la rue Saint-Roch. C'était dans l'après-midi, et il était déjà tard quand nous y arrivâmes, car ce quartier est situé à une grande distance de celui que nous habitions. Nous trouvâmes bien vite la maison, car il y avait une multitude de gens qui contemplaient de l'autre côté de la rue les volets fermés, avec une curiosité badaude. C'était une maison comme toutes les maisons de Paris, avec une porte cochère, et sur l'un des côtés une niche vitrée avec un carreau mobile, représentant la loge du concierge. Avant d'entrer, nous remontâmes la rue, nous tournâmes dans une allée, et nous passâmes ainsi sur les derrières de la maison. Dupin, pendant ce temps, examinait tous les alentours, aussi bien que la maison, avec une attention minutieuse dont je ne pouvais pas deviner l'objet.

Nous revînmes sur nos pas vers la façade de la maison; nous sonnâmes, nous montrâmes notre pouvoir, et les agents nous permirent d'entrer. Nous montâmes jusqu'à la chambre où on avait trouvé le corps de mademoiselle l'Espanaye, et où gisaient encore les deux cadavres. Le désordre de la chambre avait été respecté, comme cela se pratique en pareil cas. Je ne vis rien de plus que ce qu'avait constaté la *Gazette des tribunaux*. Dupin

scrutinized everything – not excepting the bodies of the victims. We then went into the other rooms, and into the yard; a *gendarme* accompanying us throughout. The examination occupied us until dark, when we took our departure. On our way home my companion stopped in for a moment at the office of one of the daily papers.

I have said that the whims of my friend were manifold, and that *Je les ménageais*: – for this phrase there is no English equivalent. It was his humour, now, to decline all conversation on the subject of the murder, until about noon the next day. He then asked me, suddenly, if I had observed anything *peculiar* at the scene of the atrocity.

There was something in his manner of emphasizing the word 'peculiar', which caused me to shudder, without knowing why.

'No, nothing *peculiar*,' I said; 'nothing more, at least, than we both saw stated in the paper.'

'The *Gazette*,' he replied, 'has not entered, I fear, into the unusual horror of the thing. But dismiss the idle opinions of this print. It appears to me that this mystery is considered insoluble, for the very reason which should cause it to be regarded as easy of solution – I mean for the *outré* character of its features. The police are confounded by the seeming absence of motive – not for the murder itself – but for the atrocity of the murder. They are puzzled,

analysait minutieusement toutes choses, sans en excepter les corps des victimes. Nous passâmes ensuite dans les autres chambres, et nous descendîmes dans les cours, toujours accompagnés par un gendarme. Cet examen dura fort longtemps, et il était nuit quand nous quittâmes la maison. En retournant chez nous, mon camarade s'arrêta quelques minutes dans les bureaux d'un journal quotidien.

J'ai dit que mon ami avait toutes sortes de bizarreries, et que je les *ménageais* (car ce mot n'a pas d'équivalent en anglais). Il entrait maintenant dans sa fantaisie de se refuser à toute conversation relativement à l'assassinat, jusqu'au lendemain à midi. Ce fut alors qu'il me demanda brusquement si j'avais remarqué quelque chose de *particulier* sur le théâtre du crime.

Il y eut dans sa manière de prononcer le mot *particulier* un accent qui me donna le frisson sans que je susse pourquoi.

– Non, rien de particulier, dis-je, rien autre, du moins, que ce que nous avons lu tous deux dans le journal.

– La *Gazette*, reprit-il, n'a pas, je le crains, pénétré l'horreur insolite de l'affaire. Mais laissons là les opinions niaises de ce papier. Il me semble que le mystère est considéré comme insoluble, par la raison même qui devrait le faire regarder comme facile à résoudre, – je veux parler du caractère excessif sous lequel il apparaît. Les gens de police sont confondus par l'absence apparente de motifs légitimant, non le meurtre en lui-même, mais l'atrocité du meurtre. Ils sont embarrassés

too, by the seeming impossibility of reconciling the voices heard in contention, with the facts that no one was discovered upstairs but the assassinated Mademoiselle L'Espanaye, and that there were no means of egress without the notice of the party ascending. The wild disorder of the room; the corpse thrust, with the head downwards, up the chimney; the frightful mutilation of the body of the old lady; these considerations, with those just mentioned and others which I need not mention, have sufficed to paralyse the powers, by putting completely at fault the boasted *acumen*, of the government agents. They had fallen into the gross but common error of confounding the unusual with the abstruse. But it is by these deviations from the plane of the ordinary, that reason feels its way, if at all, in its search for the true. In investigations such as we are now pursuing, it should not be so much asked "what has occurred", as "what has occurred that has never occurred before". In fact, the facility with which I shall arrive, or have arrived, at the solution of the mystery, is in the direct ratio of its apparent insolubility in the eyes of the police.'

I stared at the speaker in mute astonishment.

'I am now waiting,' continued he, looking towards the door of our apartment – 'I am now awaiting a person who, although perhaps not the perpetrator of these butcheries, must have been in some measure implicated in their perpetration. Of the worst portion of the crimes committed, it is probable that he is innocent.

aussi par l'impossibilité apparente de concilier les voix qui se disputaient avec ce fait qu'on n'a trouvé en haut de l'escalier d'autre personne que mademoiselle l'Espanaye, assassinée, et qu'il n'y avait aucun moyen de sortir sans être vu des gens qui montaient l'escalier. L'étrange désordre de la chambre, – le corps fourré, la tête en bas, dans la cheminée, – l'effrayante mutilation du corps de la vieille dame, – ces considérations, jointes à celles que j'ai mentionnées et à d'autres dont je n'ai pas besoin de parler, ont suffi pour paralyser l'action des agents du ministère, et pour dérouter complètement leur perspicacité si vantée. Ils ont commis la très grosse et très commune faute de confondre l'extraordinaire avec l'abstrus. Mais c'est justement en suivant ces déviations du cours ordinaire de la nature que la raison trouvera son chemin, si la chose est possible, et marchera vers la vérité. Dans des investigations du genre de celle qui nous occupe, il ne faut pas tant se demander comment les choses se sont passées, qu'étudier en quoi elles se distinguent de tout ce qui est arrivé jusqu'à présent. Bref, la facilité avec laquelle j'arriverai, – ou suis déjà arrivé, – à la solution du mystère, est en raison directe de son insolubilité apparente aux yeux de la police.

Je fixai mon homme avec un étonnement muet.

– J'attends maintenant, continua-t-il, en jetant un regard sur la porte de notre chambre, j'attends un individu qui, bien qu'il ne soit peut-être pas l'auteur de cette boucherie, doit se trouver en partie impliqué dans sa perpétration. Il est probable qu'il est innocent de la partie atroce du crime.

I hope that I am right in this supposition; for upon it I build my expectation of reading the entire riddle. I look for the man here – in this room – every moment. It is true that he may not arrive; but the probability is that he will. Should he come, it will be necessary to detain him. Here are pistols; and we both know how to use them when occasion demands their use.'

I took the pistols, scarcely knowing what I did, or believing what I heard, while Dupin went on, very much as if in a soliloquy. I have already spoken of his abstract manner at such times. His discourse was addressed to myself; but his voice, although by no means loud, had that intonation which is commonly employed in speaking to some one at a great distance. His eyes, vacant in expression, regarded only the wall.

'That the voices heard in contention,' he said, 'by the party upon the stairs, were not the voices of the women themselves, was fully proved by the evidence. This relieves us of all doubt upon the question whether the old lady could have first destroyed the daughter, and afterward have committed suicide. I speak of this point chiefly for the sake of method; for the strength of Madame L'Espanaye would have been utterly unequal to the task of thrusting her daughter's corpse up the chimney as it was found; and the nature of the wounds upon her own person entirely preclude the idea of self-destruction. Murder, then, has been committed by

J'espère ne pas me tromper dans cette hypothèse; car c'est sur cette hypothèse que je fonde l'espérance de déchiffrer l'énigme entière. J'attends l'homme ici, – dans cette chambre, – d'une minute à l'autre. Il est vrai qu'il peut fort bien ne pas venir, mais il y a quelques probabilités pour qu'il vienne. S'il vient, il sera nécessaire de le garder. Voici des pistolets, et nous savons tous deux à quoi ils servent quand l'occasion l'exige.

Je pris les pistolets, sans trop savoir ce que je faisais, pouvant à peine en croire mes oreilles, – pendant que Dupin continuait, à peu près comme dans un monologue. J'ai déjà parlé de ses manières distraites dans ces moments-là. Son discours s'adressait à moi; mais sa voix, quoique montée à un diapason fort ordinaire, avait cette intonation que l'on prend d'habitude en parlant à quelqu'un placé à une grande distance. Ses yeux, d'une expression vague, ne regardaient que le mur.

– Les voix qui se disputaient, disait-il, les voix entendues par les gens qui montaient l'escalier n'étaient pas celles de ces malheureuses femmes, – cela est plus que prouvé par l'évidence. Cela nous débarrasse pleinement de la question de savoir si la vieille dame aurait assassiné sa fille et se serait ensuite suicidée.

« Je ne parle de ce cas que par amour de la méthode; car la force de madame l'Espanaye eût été absolument insuffisante pour introduire le corps de sa fille dans la cheminée, de la façon où on l'a découvert; et la nature des blessures trouvées sur sa propre personne exclut entièrement l'idée de suicide. Le meurtre a donc été commis par

some third party; and the voices of this third party were those heard in contention. Let me now advert – not to the whole testimony respecting these voices – but to what was *peculiar* in that testimony. Did you observe anything peculiar about it?'

I remarked that, while all the witnesses agreed in supposing the gruff voice to be that of a Frenchman, there was much disagreement in regard to the shrill, or, as one individual termed it, the harsh voice.

'That was the evidence itself,' said Dupin, 'but it was not the peculiarity of the evidence. You have observed nothing distinctive. Yet there *was* something to be observed. The witnesses, as you remark, agreed about the gruff voice; they were here unanimous. But in regard to the shrill voice, the peculiarity is – not that they disagreed – but that, while an Italian, an Englishman, a Spaniard, a Hollander, and a Frenchman attempted to describe it, each one spoke of it as that *of a foreigner*. Each is sure that it was not the voice of one of his own countrymen. Each likens it – not to the voice of an individual of any nation with whose language he is conversant – but the converse. The Frenchman supposes it the voice of a Spaniard, and "might have distinguished some words *had he been acquainted with the Spanish*". The Dutchman maintains it to have been that of a Frenchman; but we find it stated that "*not understanding French this witness was examined through an interpreter*". The Englishman thinks it the voice of a

des tiers, et les voix de ces tiers sont celles qu'on a entendues se quereller.

« Permettez-moi maintenant d'appeler votre attention, – non pas sur les dépositions relatives à ces voix, – mais sur ce qu'il y a de *particulier* dans ces dépositions. Y avez-vous remarqué quelque chose de particulier ?

Je remarquai que, pendant que tous les témoins s'accordaient à considérer la grosse voix comme étant celle d'un Français, il y avait un grand désaccord relativement à la voix aiguë, ou, comme l'avait définie un seul individu, à la voix âpre.

– Cela constitue l'évidence, dit Dupin, mais non la particularité de l'évidence. Vous n'avez rien observé de distinctif ; – cependant il y avait *quelque chose* à observer. Les témoins, remarquez-le bien, sont d'accord sur la grosse voix ; là-dessus, il y a unanimité ! Mais relativement à la voix aiguë, il y a une particularité, – elle ne consiste pas dans leur désaccord, – mais en ceci que, quand un Italien, un Anglais, un Espagnol, un Hollandais essayent de la décrire, chacun en parle comme d'une voix d'*étranger*, chacun est sûr que ce n'était pas la voix d'un de ses compatriotes.

« Chacun la compare, non pas à la voix d'un individu dont la langue lui serait familière, mais justement au contraire. Le Français présume que c'était une voix d'Espagnol, et *il aurait pu distinguer quelques mots s'il était familiarisé avec l'espagnol.* Le Hollandais affirme que c'était la voix d'un Français ; mais il est établi que le témoin, ne sachant pas le français, a été interrogé par le canal d'un interprète. L'Anglais pense que c'était la voix d'un

German, and "*does not understand German*". The Spaniard "is sure" that it was that of an Englishman, but "judges by the intonation" altogether, "*as he has no knowledge of the English*". The Italian believes it the voice of a Russian, but "*has never conversed with a native of Russia*". A second Frenchman differs, however, with the first, and is positive that the voice is that of an Italian, but, "*not being cognizant of that tongue*, is, like the Spaniard, convinced by the intonation". Now, how strangely unusual must that voice have really been, about which such testimony as this *could* have been elicited! – in whose *tones*, even, denizens of the five great divisions of Europe could recognize nothing familiar! You will say that it might have been the voice of an Asiatic – of an African. Neither Asiatics nor Africans abound in Paris; but, without denying the inference, I will now merely call your attention to three points. The voice is termed by one witness "harsh rather than shrill". It is represented by two others to have been "quick and *unequal*". No words – no sounds resembling words – were by any witness mentioned as distinguishable.

'I know not,' continued Dupin, 'what impression I may have made, so far, upon your own understanding; but I do not hesitate to say that legitimate deductions even from this portion of the testimony – the portion respecting the gruff and shrill voices – are in themselves sufficient to engender a suspicion which should give direction to all farther progress in the investigation of the mystery.

Allemand, et *il n'entend pas l'allemand.* L'Espagnol est *positivement sûr* que c'était la voix d'un Anglais, mais il en juge uniquement par l'intonation, car *il n'a aucune connaissance de l'anglais.* L'Italien croit à une voix de Russe, mais *il n'a jamais causé avec une personne native de Russie.* Un autre Français, cependant, diffère du premier, et il est certain que c'était une voix d'Italien; mais, n'ayant pas la connaissance de cette langue, il fait comme l'Espagnol, *il tire sa certitude de l'intonation.* Or, cette voix était donc bien insolite et bien étrange, qu'on ne pût obtenir à son égard que de pareils témoignages? Une voix dans les intonations de laquelle des citoyens des cinq grandes parties de l'Europe n'ont rien pu reconnaître qui leur fût familier! Vous me direz que c'était peut-être la voix d'un Asiatique ou d'un Africain. Les Africains et les Asiatiques n'abondent pas à Paris, mais sans nier la possibilité du cas, j'appellerai simplement votre attention sur trois points.

« Un témoin dépeint la voix ainsi : *plutôt âpre qu'aiguë.* Deux autres en parlent comme d'une voix *brève et saccadée.* Ces témoins n'ont distingué aucunes paroles, – aucuns sons ressemblant à des paroles.

« Je ne sais pas, continua Dupin, quelle impression j'ai pu faire sur votre entendement; mais je n'hésite pas à affirmer qu'on peut tirer des déductions légitimes de cette partie même des dépositions, – la partie relative aux deux voix, – la grosse voix, et la voix aiguë, – très suffisantes en elles-mêmes pour créer un soupçon qui indiquerait la route dans toute investigation ultérieure du mystère.

I said "legitimate deductions"; but my meaning is not thus fully expressed. I designed to imply that the deductions are the sole proper ones, and that the suspicion arises inevitably from them as the single result. What the suspicion is, however, I will not say just yet. I merely wish you to bear in mind that, with myself, it was sufficiently forcible to give a definite form – a certain tendency – to my inquiries in the chamber.

'Let us now transport ourselves, in fancy, to this chamber. What shall we first seek here? The means of egress employed by the murderers. It is not too much to say that neither of us believe in præternatural events. Madame and Mademoiselle L'Espanaye were not destroyed by spirits. The doers of the deed were material, and escaped materially. Then how? Fortunately, there is but one mode of reasoning upon the point, and that mode *must* lead us to a definite decision. – Let us examine, each by each, the possible means of egress. It is clear that the assassins were in the room where Mademoiselle L'Espanaye was found, or at least in the room adjoining, when the party ascended the stairs. It is then only from these two apartments that we have to seek issues. The police have laid bare the floors, the ceilings, and the masonry of the walls, in every direction. No *secret* issues could have escaped their vigilance. But not trusting to *their* eyes,

« J'ai dit : déductions légitimes, mais cette expression ne rend pas complètement ma pensée. Je voulais faire entendre que ces déductions sont les seuls convenables, et que ce soupçon en surgit inévitablement comme le seul résultat possible. Cependant, de quelle nature est ce soupçon, je ne vous le dirai pas immédiatement. Je désire simplement vous démontrer que ce soupçon était plus que suffisant pour donner un caractère décidé, une tendance positive à l'enquête que je voulais faire dans la chambre.

« Maintenant, transportons-nous en imagination dans cette chambre. Quel sera le premier objet de notre recherche? Les moyens d'évasion employés par les meurtriers. Nous pouvons affirmer, – n'est-ce pas, – que nous ne croyons ni l'un ni l'autre aux événements surnaturels? Mesdames l'Espanaye n'ont pas été assassinées par les esprits. Les auteurs du meurtre étaient des êtres matériels, et ils ont fui matériellement.

« Or, comment? Heureusement, il n'y a qu'une manière de raisonner sur ce point, et cette manière nous conduira à une conclusion positive. Examinons donc, un à un, les moyens possibles d'évasion. Il est clair que les assassins étaient dans la chambre où l'on a trouvé mademoiselle l'Espanaye, ou au moins dans la chambre adjacente quand la foule a monté l'escalier. Ce n'est donc que dans ces deux chambres que nous avons à chercher des issues. La police a levé les parquets, ouvert les plafonds, sondé la maçonnerie des murs. Aucune issue secrète n'a pu échapper à sa perspicacité. Mais je ne me suis pas fié à ses yeux,

I examined with my own. There were, then, *no* secret issues. Both doors leading from the rooms into the passage were securely locked, with the keys inside. Let us turn to the chimneys. These, although of ordinary width for some eight or ten feet above the hearths, will not admit, throughout their extent, the body of a large cat. The impossibility of egress, by means already stated, being thus absolute, we are reduced to the windows. Through those of the front room no one could have escaped without notice from the crowd in the street. The murderers *must* have passed, then, through those of the back room. Now, brought to this conclusion in so unequivocal a manner as we are, it is not our part, as reasoners, to reject it on account of apparent impossibilities. It is only for us to prove that these apparent "impossibilities" are, in reality, not such.

'There are two windows in the chamber. One of them is unobstructed by furniture, and is wholly visible. The lower portion of the other is hidden from view by the head of the unwieldy bedstead which is thrust close up against it. The former was found securely fastened from within. It resisted the utmost force of those who endeavoured to raise it. A large gimlet-hole had been pierced in its frame to the left, and a very stout nail was found fitted therein, nearly to the head. Upon examining

et j'ai examiné avec les miens; il n'y a réellement pas d'issue secrète. Les deux portes qui conduisent des chambres dans le corridor étaient solidement fermées, et les clefs en dedans. Voyons les cheminées. Celles-ci, qui sont d'une largeur ordinaire jusqu'à une distance de huit ou dix pieds au-dessus du foyer, ne livreraient pas au-delà un passage suffisant à un gros chat.

« L'impossibilité de la fuite, du moins par les voies ci-dessus indiquées, étant donc absolument établie, nous en sommes réduits aux fenêtres. Personne n'a pu fuir par celles de la chambre du devant, sans être vu par la foule du dehors. Il a donc *fallu* que les meurtriers s'échappassent par celles de la chambre de derrière.

« Maintenant, amenés, comme nous le sommes, à cette conclusion par des déductions aussi irréfragables, nous n'avons pas le droit, en tant que raisonneurs, de la rejeter en raison de son apparente impossibilité. Il ne nous reste donc qu'à démontrer que cette impossibilité apparente n'existe pas en réalité.

« Il y a deux fenêtres dans la chambre. L'une des deux n'est pas obstruée par l'ameublement, et est restée entièrement visible. La partie inférieure de l'autre est cachée par le chevet du lit, qui est fort massif et qui est poussé tout contre. On a constaté que la première était solidement assujettie en dedans. Elle a résisté aux efforts les plus violents de ceux qui ont essayé de la lever. On avait percé dans son châssis, à gauche, un grand trou avec une vrille, et on y trouva un gros clou enfoncé presque jusqu'à la tête. En examinant

the other window, a similar nail was seen similarly fitted in it; and a vigorous attempt to raise this sash, failed also. The police were now entirely satisfied that egress had not been in these directions. And, *therefore*, it was thought a matter of supererogation to withdraw the nails and open the windows.

'My own examination was somewhat more particular, and was so for the reason I have just given – because here it was, I knew, that all apparent impossibilities *must* be proved to be not such in reality.

'I proceeded to think thus – *a posteriori*. The murderers *did* escape from one of these windows. This being so, they could not have re-fastened the sashes from the inside, as they were found fastened; – the consideration which put a stop, through its obviousness, to the scrutiny of the police in this quarter. Yet the sashes *were* fastened. They *must*, then, have the power of fastening themselves. There was no escape from this conclusion. I stepped to the unobstructed casement, withdrew the nail with some difficulty, and attempted to raise the sash. It resisted all my efforts, as I had anticipated. A concealed spring must, I now knew, exist; and this corroboration of my idea convinced me that my premises, at least, were correct, however mysterious still appeared the circumstances attending the nails. A careful search soon brought to light the hidden spring. I pressed it, and, satisfied with the discovery, forbore to upraise the sash.

'I now replaced the nail and regarded it attentively. A person passing out through this window

l'autre fenêtre, on y a trouvé fiché un clou semblable; et un vigoureux effort pour lever le châssis n'a pas eu plus de succès que de l'autre côté. La police était dès lors pleinement convaincue qu'aucune fuite n'avait pu s'effectuer par ce chemin. Il fut donc considéré comme superflu de retirer les clous et d'ouvrir les fenêtres.

« Mon examen fut un peu plus minutieux, et cela, par la raison que je vous ai donnée tout à l'heure. C'était le cas, je le savais, où il *fallait* démontrer que l'impossibilité n'était qu'apparente.

« Je continuai à raisonner ainsi, – *a posteriori*. Les meurtriers s'étaient évadés par l'une de ces fenêtres. Cela étant, ils ne pouvaient pas avoir réassujetti les châssis en dedans, comme on les a trouvés; considération qui, par son évidence, a borné les recherches de la police dans ce sens-là. Cependant ces châssis étaient bien fermés. Il *faut* donc qu'ils puissent se fermer d'eux-mêmes. Il n'y avait pas moyen d'échapper à cette conclusion. J'allai droit à la fenêtre non bouchée, je retirai le clou avec quelque difficulté, et j'essayai de lever le châssis. Il a résisté à tous mes efforts, comme je m'y attendais. Il y avait donc, j'en étais sûr maintenant, un ressort caché; et ce fait, corroborant mon idée, me convainquit au moins de la justesse de mes prémisses, quelque mystérieuses que m'apparussent toujours les circonstances relatives aux clous. Un examen minutieux me fit bientôt découvrir le ressort secret. Je le poussai, et, satisfait de ma découverte, je m'abstins de lever le châssis.

« Je remis alors le clou en place et l'examinai attentivement. Une personne passant par la fenêtre

might have reclosed it, and the spring would have caught – but the nail could not have been replaced. The conclusion was plain, and again narrowed in the field of my investigations. The assassins *must* have escaped through the other window. Supposing, then, the springs upon each sash to be the same, as was probable, there *must* be found a difference between the nails, or at least between the modes of their fixture. Getting upon the sacking of the bedstead, I looked over the head-board minutely at the second casement. Passing my hand down behind the board, I readily discovered and pressed the spring, which was, as I had supposed, identical in character with its neighbour. I now looked at the nail. It was as stout as the other, and apparently fitted in the same manner – driven in nearly up to the head.

'You will say that I was puzzled; but, if you think so, you must have misunderstood the nature of the inductions. To use a sporting phrase, I had not been once "at fault". The scent had never for an instant been lost. There was no flaw in any link of the chain. I had traced the secret to its ultimate result, – and that result was *the nail.* It had, I say, in every respect, the appearance of its fellow in the other window; but this fact was an absolute nullity (conclusive as it might seem to be) when compared with the consideration that here, at this point, terminated the clue. "There *must* be something wrong," I said, "about the nail." I touched it; and the head, with about a quarter of an inch of the shank,

pouvait l'avoir refermée, et le ressort aurait fait son office; mais le clou n'aurait pas été replacé. Cette conclusion était nette et rétrécissait encore le champ de mes investigations. Il *fallait* que les assassins se fussent enfuis par l'autre fenêtre. En supposant donc que les ressorts des deux croisées fussent semblables, comme il était probable, il *fallait* cependant trouver une différence dans les clous, ou au moins dans la manière dont ils avaient été fixés. Je montai sur le fond de sangle du lit, et je regardai minutieusement l'autre fenêtre par-dessus le chevet du lit. Je passai ma main derrière, je découvris aisément le ressort, et je le fis jouer – il était, comme je l'avais deviné, identique au premier. Alors j'examinai le clou. Il était aussi gros que l'autre, et fixé de la même manière, enfoncé presque jusqu'à la tête.

« Vous direz que j'étais embarrassé; mais si vous avez une pareille pensée, c'est que vous vous êtes mépris sur la nature de mes inductions. Pour me servir d'un terme de jeu, je n'avais pas commis une seule faute; je n'avais pas perdu la piste un seul instant; il n'y avait pas une lacune d'un anneau à la chaîne. J'avais suivi le secret jusque dans sa dernière phase, et cette phase, c'était le *clou*. Il ressemblait, dis-je, sous tous les rapports, à son voisin de l'autre fenêtre; mais ce fait, quelque concluant qu'il fût en apparence, devenait absolument nul, en face de cette considération dominante, à savoir que là, à ce clou, finissait le fil conducteur. Il faut, me dis-je, qu'il y ait dans ce clou quelque chose de défectueux. Je le touchai, et la tête, avec un petit morceau de la tige, un quart de pouce environ,

came off in my fingers. The rest of the shank was in the gimlet-hole, where it had been broken off. The fracture was an old one (for its edges were incrusted with rust), and had apparently been accomplished by the blow of a hammer, which had partially imbedded, in the top of the bottom sash, the head portion of the nail. I now carefully replaced this head portion in the indentation whence I had taken it, and the resemblance to a perfect nail was complete – the fissure was invisible. Pressing the spring, I gently raised the sash for a few inches; the head went up with it, remaining firm in its bed. I closed the window, and the semblance of the whole nail was again perfect.

'The riddle, so far, was now unriddled. The assassin had escaped through the window which looked upon the bed. Dropping of its own accord upon his exit (or perhaps purposely closed), it had become fastened by the spring; and it was the retention of this spring which had been mistaken by the police for that of the nail, – farther inquiry being thus considered unnecessary.

'The next question is that of the mode of descent. Upon this point I had been satisfied in my walk with you around the building. About five feet and a half from the casement in question there runs a lightning-rod. From this rod it would have been impossible for any one to reach the window itself, to say nothing of entering it. I observed, however, that the shutters of the fourth storey were of the peculiar kind called by Parisian carpenters *ferrades* – a kind rarely employed at the present day, but frequently seen upon very old mansions at Lyons and Bordeaux.

me resta dans les doigts. Le reste de la tige était dans le trou, où elle s'était cassée. Cette fracture était fort ancienne, car les bords étaient incrustés de rouille, et elle avait été opérée par un coup de marteau, qui avait enfoncé en partie la tête du clou dans le fond du châssis. Je rajustai soigneusement la tête avec le morceau qui la continuait, et le tout figura un clou intact; la fissure était inappréciable. Je pressai le ressort, je levai doucement la croisée de quelques pouces; la tête du clou vint avec elle, sans bouger de son trou. Je refermai la croisée, et le clou offrit de nouveau le semblant d'un clou complet.

« Jusqu'ici l'énigme était débrouillée. L'assassin avait fui par la fenêtre qui touchait au lit. Qu'elle fût retombée d'elle-même après la fuite, ou qu'elle eût été fermée par une main humaine, elle était retenue par le ressort, et la police avait attribué cette résistance au clou; aussi toute enquête ultérieure avait été jugée superflue.

« La question, maintenant, était celle du mode de descente. Sur ce point, j'avais satisfait mon esprit dans notre promenade autour du bâtiment. À cinq pieds et demi environ de la fenêtre en question, court une chaîne de paratonnerre. De cette chaîne, il eût été impossible à n'importe qui d'atteindre la fenêtre, à plus forte raison, d'entrer.

« Toutefois, j'ai remarqué que les volets du quatrième étage étaient du genre particulier que les menuisiers parisiens appellent *ferrades*, genre de volets fort peu usité aujourd'hui, mais qu'on rencontre fréquemment dans de vieilles maisons de Lyon et de Bordeaux.

They are in the form of an ordinary door (a single, not a folding door), except that the upper half is latticed or worked in open trellis – thus affording an excellent hold for the hands. In the present instance these shutters are fully three feet and a half broad. When we saw them from the rear of the house, they were both about half open – that is to say, they stood off at right angles from the wall. It is probable that the police, as well as myself, examined the back of the tenement; but, if so, in looking at these *ferrades* in the line of their breadth (as they must have done), they did not perceive this great breadth itself, or, at all events, failed to take it into due consideration. In fact, having once satisfied themselves that no egress could have been made in this quarter, they would naturally bestow here a very cursory examination. It was clear to me, however, that the shutter belonging to the window at the head of the bed, would, if swung fully back to the wall, reach to within two feet of the lightning-rod. It was also evident that, by exertion of a very unusual degree of activity and courage, an entrance into the window, from the rod, might have been thus effected. – By reaching to the distance of two feet and a half (we now suppose the shutter open to its whole extent) a robber might have taken a firm grasp upon the trellis-work. Letting go, then, his hold upon the rod, placing his feet securely against the wall, and springing boldly from it, he might have swung the shutter so as to close it, and, if we imagine the window open at the time, might even have swung himself into the room.

Ils sont faits comme une porte ordinaire (porte simple, et non pas à double battant), à l'exception que la partie inférieure est façonnée à jour et treillissée, ce qui donne aux mains une excellente prise.

« Dans le cas en question, ces volets sont larges de trois bons pieds et demi. Quand nous les avons examinés du derrière de la maison, ils étaient tous les deux ouverts à moitié, c'est-à-dire qu'ils faisaient angle droit avec le mur. Il est présumable que la police a examiné comme moi les derrières du bâtiment; mais en regardant ces *ferrades* dans le sens de leur largeur (comme elle les a vues inévitablement), elle n'a sans doute pas pris garde à cette largeur même, ou du moins elle n'y a pas attaché l'importance nécessaire. En somme, les agents, quand il a été démontré pour eux que la fuite n'avait pu s'effectuer de ce côté, ne leur ont appliqué qu'un examen fort succinct.

« Toutefois il était évident pour moi que le volet appartenant à la fenêtre située au chevet du lit, si on le supposait rabattu contre le mur, se trouverait à deux pieds de la chaîne du paratonnerre. Il était clair aussi que, par l'effort d'une énergie et d'un courage insolites, on pouvait, à l'aide de la chaîne, avoir opéré une invasion par la fenêtre. Arrivé à cette distance de deux pieds et demi (je suppose maintenant le volet complètement ouvert), un voleur aurait pu trouver dans le treillage une prise solide. Il aurait pu dès lors, en lâchant la chaîne, en assurant bien ses pieds contre le mur et en s'élançant vivement, tomber dans la chambre, et attirer violemment le volet avec lui de manière à le fermer, – en supposant, toutefois, la fenêtre ouverte en ce moment-là.

'I wish you to bear especially in mind that I have spoken of a *very* unusual degree of activity as requisite to success in so hazardous and so difficult a feat. It is my design to show you, first, that the thing might possibly have been accomplished: – but, secondly and *chiefly*, I wish to impress upon your understanding the *very extraordinary* – the almost prætematural character of that agility which could have accomplished it.

'You will say, no doubt, using the language of the law, that "to make out my case" I should rather undervalue, than insist upon a full estimation of the activity required in this matter. This may be the practice in law, but it is not the usage of reason. My ultimate object is only the truth. My immediate purpose is to lead you to place in juxtaposition that *very unusual* activity of which I have just spoken, with that *very peculiar* shrill (or harsh) and *unequal* voice, about whose nationality no two persons could be found to agree, and in whose utterances no syllabification could be detected.'

At these words a vague and half-formed conception of the meaning of Dupin flitted over my mind. I seemed to be upon the verge of comprehension, without power to comprehend – as men, at times, find themselves upon the brink of remembrance, without being able, in the end, to remember. My friend went on with his discourse.

'You will see,' he said, 'that I have shifted the question from the mode of egress to that of ingress. It was my design to suggest that both were effected in the same manner, at the same point.

« Remarquez bien, je vous prie, que j'ai parlé d'une énergie très peu commune, nécessaire pour réussir dans une entreprise aussi difficile, aussi hasardeuse. Mon but est de vous prouver d'abord que la chose a pu se faire, – en second lieu et *principalement*, d'attirer votre attention sur le caractère *très extraordinaire*, presque surnaturel, de l'agilité nécessaire pour l'accomplir.

« Vous direz sans doute, en vous servant de la langue judiciaire, que, pour donner ma preuve *a fortiori*, je devrais plutôt *sous-évaluer* l'énergie nécessaire dans ce cas que réclamer son exacte estimation. C'est peut-être la pratique des tribunaux, mais cela ne rentre pas dans les us de la raison. Mon objet final, c'est la vérité. Mon but actuel, c'est de vous induire à rapprocher cette énergie tout à fait insolite de cette voix si particulière, de cette voix aiguë (ou âpre), de cette voix saccadée, dont la nationalité n'a pu être constatée par l'accord de deux témoins, et dans laquelle personne n'a saisi de mots articulés, de syllabisation.

À ces mots, une conception vague et embryonnaire de la pensée de Dupin passa dans mon esprit. Il me semblait être sur la limite de la compréhension sans pouvoir comprendre ; comme les gens qui sont quelquefois sur le bord du souvenir, et qui cependant ne parviennent pas à se rappeler. Mon ami continua son argumentation :

– Vous voyez, dit-il, que j'ai transporté la question du mode de sortie au mode d'entrée. Il était dans mon plan de démontrer qu'elles se sont effectuées de la même manière et sur le même point.

Let us now revert to the interior of the room. Let us survey the appearances here. The drawers of the bureau, it is said, had been rifled, although many articles of apparel still remained within them. The conclusion here is absurd. It is a mere guess – a very silly one – and no more. How are we to know that the articles found in the drawers were not all these drawers had originally contained? Madame L'Espanaye and her daughter lived an exceedingly retired life – saw no company – seldom went out – had little use for numerous changes of habiliment. Those found were at least of as good quality as any likely to be possessed by these ladies. If a thief had taken any, why did he not take the best – why did he not take all? In a word, why did he abandon four thousand francs in gold to encumber himself with a bundle of linen? The gold *was* abandoned. Nearly the whole sum mentioned by Monsieur Mignaud, the banker, was discovered, in bags, upon the floor. I wish you, therefore, to discard from your thoughts the blundering idea of *motive*, engendered in the brains of the police by that portion of the evidence which speaks of money delivered at the door of the house. Coincidences ten times as remarkable as this (the delivery of the money, and murder committed within three days upon the party receiving it), happen to all of us every hour of our lives, without attracting even momentary notice. Coincidences, in general,

Retournons maintenant dans l'intérieur de la chambre. Examinons toutes les particularités. Les tiroirs de la commode, dit-on, ont été mis au pillage, et cependant on y a trouvé plusieurs articles de toilette intacts. Cette conclusion est absurde; c'est une simple conjecture, – une conjecture passablement niaise, et rien de plus. Comment pouvons-nous savoir que les articles trouvés dans les tiroirs ne représentent pas tout ce que les tiroirs contenaient? Madame l'Espanaye et sa fille menaient une vie excessivement retirée, ne voyaient pas le monde, sortaient rarement, avait donc peu d'occasions de changer de toilette. Ceux qu'on a trouvés étaient au moins d'aussi bonne qualité qu'aucun de ceux que possédaient vraisemblablement ces dames. Et si un voleur en avait pris quelques-uns, pourquoi n'aurait-il pas pris les meilleurs, – pourquoi ne les aurait-il pas tous pris? Bref, pourquoi aurait-il abandonné ses quatre mille francs en or pour s'empêtrer d'un paquet de linge? L'or a été abandonné. La presque totalité de la somme désignée par le banquier Mignaud a été trouvée sur le parquet, dans les sacs. Je tiens donc à écarter de votre pensée l'idée saugrenue d'un *intérêt*, idée engendrée dans le cerveau de la police par les dépositions qui parlent d'argent délivré à la porte même de la maison. Des coïncidences dix fois plus remarquables que celle-ci (la livraison de l'argent et le meurtre commis trois jours après sur le propriétaire), se présentent dans chaque heure de notre vie, sans attirer notre attention, même une minute. En général, les coïncidences

are great stumbling-blocks in the way of that class of thinkers who have been educated to know nothing of the theory of probabilities – that theory to which the most glorious objects of human research are indebted for the most glorious of illustration. In the present instance, had the gold been gone, the fact of its delivery three days before would have formed something more than a coincidence. It would have been corroborative of this idea of motive. But, under the real circumstances of the case, if we are to suppose gold the motive of this outrage, we must also imagine the perpetrator so vacillating an idiot as to have abandoned his gold and his motive together.

'Keeping now steadily in mind the points to which I have drawn your attention – that peculiar voice, that unusual agility, and that startling absence of motive in a murder so singularly atrocious as this – let us glance at the butchery itself. Here is a woman strangled to death by manual strength, and thrust up a chimney, head downwards. Ordinary assassins employ no such modes of murder as this. Least of all, do they thus dispose of the murdered. In the manner of thrusting the corpse up the chimney, you will admit that there was something *excessively outré* – something altogether irreconcilable with our common notions of human action, even when we suppose the actors the most depraved of men. Think, too, how great must have been that strength which could have thrust the body *up*

sont de grosses pierres d'achoppement dans la route de ces pauvres penseurs mal éduqués qui ne savent pas le premier mot de la théorie des probabilités, théorie à laquelle le savoir humain doit ses plus glorieuses conquêtes et ses plus belles découvertes. Dans le cas présent, si l'or avait disparu, le fait qu'il avait été délivré trois jours auparavant créerait quelque chose de plus qu'une coïncidence. Cela corroborerait l'idée d'intérêt. Mais dans les circonstances réelles où nous sommes placés, si nous supposons que l'or a été le mobile de l'attaque, il nous faut supposer ce criminel assez indécis et assez idiot pour oublier à la fois son or et le mobile qui l'a fait agir.

« Mettez donc bien dans votre esprit les points sur lesquels j'ai attiré votre attention, – cette voix particulière, cette agilité sans pareille, et cette absence frappante d'intérêt dans un meurtre aussi singulièrement atroce que celui-ci. – Maintenant, examinons la boucherie en elle-même. Voilà une femme étranglée par la force des mains, et introduite dans une cheminée, la tête en bas. Des assassins ordinaires n'emploient pas de pareils procédés pour tuer. Encore moins cachent-ils ainsi les cadavres de leurs victimes. Dans cette façon de fourrer le corps dans la cheminée, vous admettrez qu'il y a quelque chose d'excessif et de bizarre, – quelque chose d'absolument inconciliable avec tout ce que nous connaissons en général des actions humaines, même en supposant que les auteurs fussent les plus pervertis des hommes. Songez aussi quelle force prodigieuse il a fallu pour pousser ce corps

such an aperture so forcibly that the united vigour of several persons was found barely sufficient to drag it *down*!

'Turn, now, to other indications of the employment of a vigour most marvellous. On the hearth were thick tresses – very thick tresses – of grey human hair. These had been torn out by the roots. You are aware of the great force in tearing thus from the head even twenty or thirty hairs together. You saw the locks in question as well as myself. Their roots (a hideous sight!) were clotted with fragments of the flesh of the scalp – sure token of the prodigious power which had been exerted in uprooting perhaps half a million of hairs at a time. The throat of the old lady was not merely cut, but the head absolutely severed from the body: the instrument was a mere razor. I wish you also to look at the *brutal* ferocity of these deeds. Of the bruises upon the body of Madame L'Espanaye I do not speak. Monsieur Dumas, and his worthy coadjutor Monsieur Etienne, have pronounced that they were inflicted by some obtuse instrument; and so far these gentlemen are very correct. The obtuse instrument was clearly the stone pavement in the yard, upon which the victim had fallen from the window which looked in upon the bed. This idea, however simple it may now seem, escaped the police for the same reason that the breadth of the shutters escaped them – because, by the affair of the nails, their perceptions had been hermetically

dans une pareille ouverture, et l'y pousser si puissamment que les efforts réunis de plusieurs personnes furent à peine suffisants pour l'en retirer.

« Portons maintenant notre attention sur d'autres indices de cette vigueur merveilleuse. Dans le foyer on a trouvé des mèches de cheveux, – des mèches très épaisses de cheveux gris. Ils ont été arrachés avec leurs racines. Vous savez quelle puissante force il faut pour arracher seulement de la tête vingt ou trente cheveux à la fois. Vous avez vu les mèches en question, aussi bien que moi. À leurs racines grumelées, – affreux spectacle ! – adhéraient des fragments de cuir chevelu, – preuve certaine de la prodigieuse puissance qu'il a fallu déployer pour déraciner peut-être cinq cent mille cheveux d'un seul coup.

« Non seulement le cou de la vieille dame était coupé, mais la tête absolument séparée du corps ; l'instrument était un simple rasoir. Je vous prie de remarquer cette férocité *bestiale*. Je ne parle pas des meurtrissures du corps de madame l'Espanaye ; M. Dumas et son honorable confrère, M. Étienne, ont affirmé qu'elles avaient été produites par un instrument contondant ; et en cela ces messieurs furent tout à fait dans le vrai. L'instrument contondant a été évidemment le pavé de la cour sur laquelle la victime est tombée de la fenêtre qui donne sur le lit. Cette idée, quelque simple qu'elle apparaisse maintenant, a échappé à la police par la même raison qui l'a empêchée de remarquer la largeur des volets ; parce que, grâce à la circonstance des clous, sa perception était hermétiquement

sealed against the possibility of the windows having ever been opened at all.

'If now, in addition to all these things, you have properly reflected upon the odd disorder of the chamber, we have gone so far as to combine the ideas of an agility astounding, a strength superhuman, a ferocity brutal, a butchery without motive, a *grotesquerie* in horror absolutely alien from humanity, and a voice foreign in tone to the ears of men of many nations, and devoid of all distinct or intelligible syllabification. What result, then, has ensued? What impression have I made upon your fancy?'

I felt a creeping of the flesh as Dupin asked me the question. 'A madman,' I said, 'has done this deed – some raving maniac, escaped from a neighbouring *Maison de Santé*.'

'In some respects,' he replied, 'your idea is not irrelevant. But the voices of madmen, even in their wildest paroxysms, are never found to tally with that peculiar voice heard upon the stairs. Madmen are of some nation, and their language, however incoherent in its words, has always the coherence of syllabification. Besides, the hair of a madman is not such as I now hold in my hand. I disentangled this little tuft from the rigidly clutched fingers of Madame L'Espanaye. Tell me what you can make of it.'

'Dupin!' I said, completely unnerved; 'this hair is most unusual – this is no *human* hair.'

bouchée à l'idée que les fenêtres eussent jamais pu être ouvertes.

« Si maintenant, – subsidiairement, – vous avez convenablement réfléchi au désordre bizarre de la chambre, nous sommes allés assez avant pour combiner les idées d'une agilité merveilleuse, d'une férocité bestiale, d'une boucherie sans motif, d'une *grotesquerie* dans l'horrible absolument étrangère à l'humanité, et d'une voix dont l'accent est inconnu à l'oreille d'hommes de plusieurs nations, d'une voix dénuée de toute syllabisation distincte et intelligible. Or, pour vous, qu'en ressort-il ? Quelle impression ai-je faite sur votre imagination ?

Je sentis un frisson courir dans ma chair quand Dupin me fit cette question. – Un fou, dis-je, aura commis ce meurtre, – quelque maniaque furieux échappé à une maison de santé du voisinage.

– Pas trop mal, répliqua-t-il, votre idée est presque applicable. Mais les voix des fous, même dans leurs plus sauvages paroxysmes, ne se sont jamais accordées avec ce qu'on dit de cette voix singulière entendue dans l'escalier. Les fous font partie d'une nation quelconque ; et leur langage, pour incohérent qu'il soit dans les paroles, est toujours syllabifié. En outre, le cheveu d'un fou ne ressemble pas à celui que je tiens maintenant dans ma main. J'ai dégagé cette petite touffe des doigts rigides et crispés de madame l'Espanaye. Dites-moi ce que vous en pensez.

– Dupin ! dis-je, complètement bouleversé, ces cheveux sont bien extraordinaires, – ce ne sont pas là des cheveux *humains !*

'I have not asserted that it is,' said he; 'but, before we decide this point, I wish you to glance at the little sketch I have here traced upon this paper. It is a *fac-simile* drawing of what has been described in one portion of the testimony as "dark bruises, and deep indentations of finger-nails", upon the throat of Mademoiselle L'Espanaye, and in another (by Messrs Dumas and Etienne), as a "series of livid spots, evidently, the impression of fingers".

'You will perceive,' continued my friend, spreading out the paper upon the table before us, 'that this drawing gives the idea of a firm and fixed hold. There is no *slipping* apparent. Each finger has retained – possibly until the death of the victim – the fearful grasp by which it originally imbedded itself. Attempt, now to place all your fingers, at the same time, in the respective impressions as you see them.'

I made the attempt in vain.

'We are possibly not giving this matter a fair trial,' he said. 'The paper is spread out upon a plane surface; but the human throat is cylindrical. Here is a billet of wood, the circumference of which is about that of the throat. Wrap the drawing around it, and try the experiment again.'

I did so, but the difficulty was even more obvious than before.

'This,' I said, 'is the mark of no human hand.'

'Read now,' replied Dupin, 'this passage from Cuvier.'

– Je n'ai pas affirmé qu'ils fussent tels, dit-il, mais, avant de nous décider sur ce point, je désire que vous jetiez un coup d'œil sur le petit dessin que j'ai tracé sur ce bout de papier. C'est un *fac-similé* qui représente ce que certaines dépositions définissent *les meurtrissures noirâtres, et les profondes marques d'ongles* trouvées sur le cou de mademoiselle l'Espanaye, et que MM. Dumas et Étienne appellent *une série de taches livides, évidemment causées par l'impression des doigts.*

– Vous voyez, continua mon ami, en déployant le papier sur la table, que ce dessin donne l'idée d'une poigne solide et ferme. Il n'y a pas d'apparence que les doigts aient glissé. Chaque doigt a gardé, peut-être jusqu'à la mort de la victime, la terrible prise qu'il s'était faite, et dans laquelle il s'est moulé. Essayez maintenant de placer tous vos doigts, en même temps, chacun dans la marque analogue que vous voyez.

J'essayai, mais inutilement.

– Il est possible, dit Dupin, que nous ne fassions pas cette expérience d'une manière décisive. Le papier est déployé sur une surface plane, et la gorge humaine est cylindrique. Voici un rouleau de bois dont la circonférence est à peu près celle d'un cou. Étalez le dessin tout autour, et recommençons l'expérience.

J'obéis; mais la difficulté fut encore plus évidente que la première fois.

– Ceci, dis-je, n'est pas la trace d'une main humaine.

– Maintenant, dit Dupin, lisez ce passage de Cuvier.

It was a minute anatomical and generally descriptive account of the large fulvous Ourang-Outang of the East Indian Islands. The gigantic stature, the prodigious strength and activity, the wild ferocity, and the imitative propensities of these mammalia are sufficiently well known to all. I understood the full horrors of the murder at once.

'The description of the digits,' said I, as I made an end of reading, 'is in exact accordance with this drawing. I see that no animal but an Ourang-Outang, of the species here mentioned, could have impressed the indentations as you have traced them. This tuft of tawny hair, too, is identical with that of the beast of Cuvier. But I cannot possibly comprehend the particulars of this frightful mystery. Besides, there were *two* voices heard in contention, and one of them was unquestionably the voice of a Frenchman.'

'True; and you will remember an expression attributed almost unanimously, by the evidence, to this voice, – the expression, "*mon Dieu!*" This, under the circumstances, has been justly characterized by one of the witnesses (Montani, the confectioner), as an expression of remonstrance or expostulation. Upon these two words, therefore, I have mainly built my hopes of a full solution of the riddle. A Frenchman was cognizant of the murder. It is possible – indeed it is far more than probable – that he was innocent of all participation in the bloody transactions which took place. The Ourang-Outang may have escaped from him. He may have traced it to the chamber; but, under the agitating circumstances which ensued, he could never have recaptured it.

C'était l'histoire minutieuse, anatomique et descriptive, du grand Orang-Outang fauve des îles de l'Inde orientale. Tout le monde connaît suffisamment la gigantesque stature, la force et l'agilité prodigieuses, la férocité sauvage, et les facultés d'imitation de ce mammifère. Je compris d'un seul coup tout l'horrible du meurtre.

– La description des doigts, dis-je, quand j'eus fini la lecture, s'accorde parfaitement avec le dessin. Je vois qu'aucun animal, – excepté un orang-outang, et de l'espèce en question, – n'aurait pu faire des marques telles que celles que vous avez dessinées. Cette touffe de poils fauves est aussi d'un caractère identique à celui de l'animal de Cuvier. Mais je ne me rends pas facilement compte des détails de cet effroyable mystère. D'ailleurs, on a entendu *deux* voix se disputer, et l'une d'elles était incontestablement la voix d'un Français.

– C'est vrai; et vous vous rappellerez une expression attribuée presque unanimement à cette voix, – l'expression *Mon Dieu!* Ces mots, dans les circonstances présentes, ont été caractérisés par l'un des témoins (Montani, le confiseur), comme exprimant un reproche et une remontrance. C'est donc sur ces deux mots que j'ai fondé l'espérance de débrouiller complètement l'énigme. Un Français a eu connaissance du meurtre. Il est possible, – il est même plus que probable qu'il est innocent de toute participation à cette affaire sanglante. L'orang-outang a pu lui échapper. Il est possible qu'il ait suivi sa trace jusqu'à la chambre, mais que, dans les circonstances terribles qui ont suivi, il n'ait pas pu s'emparer de lui.

It is still at large. I will not pursue these guesses – for I have no right to call them more – since the shades of reflection upon which they are based are scarcely of sufficient depth to be appreciable by my own intellect, and since I could not pretend to make them intelligible to the understanding of another. We will call them guesses then, and speak of them as such. If the Frenchman in question is indeed, as I suppose, innocent of this atrocity, this advertisement, which I left last night, upon our return home, at the office of *Le Monde* (a paper devoted to the shipping interest, and much sought by sailors), will bring him to our residence.'

He handed me a paper, and I read thus:

CAUGHT. – *In the Bois de Boulogne, early in the morning of the... inst.* (the morning of the murder), *a very large, tawny Ourang-Outang of the Bornese species. The owner (who is ascertained to be a sailor, belonging to a Maltese vessel), may have the animal again, upon identifying it satisfactorily and paying a few charges arising from its capture and keeping. Call at No..., Rue..., Faubourg St Germain – au troisième.*

'How was it possible,' I asked, 'that you should know the man to be a sailor, and belonging to a Maltese vessel?'

'I do *not* know it,' said Dupin. 'I am not *sure* of it. Here, however, is a small piece of ribbon, which from its form, and from its greasy appearance, has

L'animal est encore libre. Je ne poursuivrai pas ces conjectures, je n'ai pas le droit d'appeler ces idées d'un autre nom, puisque les ombres de réflexions qui leur servent de base sont d'une profondeur à peine suffisante pour être appréciées par ma propre raison, et que je ne prétendrais pas qu'elles fussent appréciables pour une autre intelligence. Nous les nommerons donc des conjectures, et nous ne les prendrons que pour telles. Si le Français en question est, comme je le suppose, innocent de cette atrocité, cette annonce que j'ai laissée hier au soir, pendant que nous retournions au logis, dans les bureaux du journal *Le Monde* (feuille consacrée aux intérêts maritimes, et très recherchée par les marins), l'amènera chez nous.

Il me tendit un papier, et je lus :

AVIS. – *On a trouvé dans le bois de Boulogne, le matin du... courant* (c'était le matin de l'assassinat), *de fort bonne heure, un énorme orang-outang fauve de l'espèce de Bornéo. Le propriétaire (qu'on sait être un marin appartenant à l'équipage d'un navire maltais), peut retrouver l'animal, après en avoir donné un signalement satisfaisant, et remboursé quelques frais à la personne qui s'en est emparée, et qui l'a gardé. S'adresser rue..., n°..., faubourg Saint-Germain, au troisième.*

– Comment avez-vous pu, demandai-je à Dupin, savoir que l'homme était un marin, et qu'il appartenait à un navire maltais?

– Je ne le sais pas, dit-il, je n'en suis pas sûr. Voici toutefois un petit morceau de ruban, qui, j'en juge par sa forme et son aspect graisseux, a

evidently been used in tying the hair in one of those long *queues* of which sailors are so fond. Moreover, this knot is one which few besides sailors can tie, and is peculiar to the Maltese. I picked the ribbon up at the foot of the lightning-rod. It could not have belonged to either of the deceased. Now if, after all, I am wrong in my induction from this ribbon, that the Frenchman was a sailor belonging to a Maltese vessel, still I can have no harm in saying what I did in the advertisement. If I am in error, he will merely suppose that I have been misled by some circumstance into which he will not take the trouble to inquire. But if I am right, a great point is gained. Cognizant although innocent of the murder, the Frenchman will naturally hesitate about replying to the advertisement – about demanding the Ourang-Outang. He will reason thus: – "I am innocent; I am poor; my Ourang-Outang is of great value – to one in my circumstances a fortune of itself – why should I lose it through idle apprehensions of danger? Here it is, within my grasp. It was found in the Bois de Boulogne – at a vast distance from the scene of that butchery. How can it ever be suspected that a brute beast should have done the deed? The police are at fault – they have failed to procure the slightest clue. Should they even trace the animal, it would be impossible to prove me cognizant of the murder, or to implicate me in guilt on account of that cognizance. Above all, *I am known*. The advertiser designates me as the possessor of the beast.

évidemment servi à nouer les cheveux en une de ces longues queues qui rendent les marins si fiers et si farauds. En outre, ce nœud est un de ceux que peu de personnes savent faire, excepté les marins, et il est particulier aux Maltais. J'ai ramassé le ruban au bas de la chaîne du paratonnerre. Il est impossible qu'il ait appartenu à l'une des deux victimes. Après tout, si je me suis trompé en induisant de ce ruban que le Français est un marin appartenant à un navire maltais, je n'aurai fait de mal à personne avec mon annonce. Si je suis dans l'erreur, il supposera simplement que j'ai été fourvoyé par quelque circonstance dont il ne prendra pas la peine de s'enquérir. Mais si je suis dans le vrai, il y a un grand point de gagné. Le Français, qui a connaissance du meurtre, bien qu'il en soit innocent, hésitera naturellement à répondre à l'annonce, – à réclamer son orang-outang. Il raisonnera ainsi : « Je suis innocent ; je suis pauvre ; mon orang-outang est d'un grand prix ; – c'est presque une fortune dans une situation comme la mienne ; – pourquoi le perdrais-je, par quelques niaises appréhensions de danger ? Le voilà, il est sous ma main. On l'a trouvé dans le bois de Boulogne, – à une grande distance du théâtre du meurtre. Soupçonnera-t-on jamais qu'une bête brute ait pu faire le coup ? La police est dépistée, – elle n'a pu retrouver le plus petit fil conducteur. Quand même on serait sur la piste de l'animal, il serait impossible de me prouver que j'aie eu connaissance de ce meurtre, ou de m'incriminer en raison de cette connaissance. Enfin, et avant tout, *je suis connu*. Le rédacteur de l'annonce me désigne comme le propriétaire de la bête.

I am not sure to what limit his knowledge may extend. Should I avoid claiming a property of so great value, which it is known that I possess, I will render the animal, at least, liable to suspicion. It is not my policy to attract attention either to myself or to the beast. I will answer the advertisement, get the Ourang-Outang, and keep it close until this matter has blown over.'

At this moment we heard a step upon the stairs.

'Be ready,' said Dupin, 'with your pistols, but neither use them nor show them until at a signal from myself.'

The front door of the house had been left open, and the visitor had entered, without ringing, and advanced several steps upon the staircase. Now, however, he seemed to hesitate. Presently we heard him descending. Dupin was moving quickly to the door, when we again heard him coming up. He did not turn back a second time, but stepped up with decision and rapped at the door of our chamber.

'Come in,' said Dupin, in a cheerful and hearty tone.

A man entered. He was a sailor, evidently, – a tall, stout, and muscular-looking person, with a certain dare-devil expression of countenance, not altogether unprepossessing. His face, greatly sunburnt, was more than half hidden by whisker and *mustachio*. He had with him a huge oaken cudgel, but appeared to be otherwise unarmed. He bowed awkwardly, and bade us 'good evening', in French accents, which, although somewhat

Mais je ne sais pas jusqu'à quel point s'étend sa certitude. Si j'évite de réclamer une propriété d'une aussi grosse valeur, qui est connue pour m'appartenir, je puis attirer sur l'animal un dangereux soupçon. Ce serait de ma part une mauvaise politique d'appeler l'attention sur moi ou sur la bête. Je répondrai décidément à l'avis du journal, je reprendrai mon orang-outang, et je l'enfermerai solidement, jusqu'à ce que cette affaire soit oubliée. »

En ce moment, nous entendîmes un pas qui montait l'escalier.

– Apprêtez-vous, dit Dupin, prenez vos pistolets, mais ne vous en servez pas, – ne les montrez pas avant un signal de moi.

On avait laissé ouverte la porte cochère, et le visiteur était entré sans sonner, et avait gravi plusieurs marches de l'escalier. Mais on eût dit maintenant qu'il hésitait. Nous l'entendions redescendre. Dupin se dirigea vivement vers la porte, quand nous l'entendîmes qui remontait. Cette fois, il ne battit pas en retraite, mais s'avança délibérément, et frappa à la porte de notre chambre.

– Entrez, dit Dupin d'une voix gaie et cordiale.

Un homme se présenta. C'était évidemment un marin, – un grand, robuste et musculeux individu, avec une expression d'audace de tous les diables qui n'était pas du tout déplaisante. Sa figure, fortement hâlée, était plus d'à moitié cachée par les favoris et les moustaches. Il portait un gros bâton de chêne, mais ne semblait pas autrement armé. Il nous salua gauchement, et nous souhaita le bonsoir avec un accent français qui, bien que légèrement

Neufchatelish, were still sufficiently indicative of a Parisian origin.

'Sit down, my friend,' said Dupin. 'I suppose you have called about the Ourang-Outang. Upon my word, I almost envy you the possession of him; a remarkably fine, and no doubt a very valuable animal. How old do you suppose him to be?'

The sailor drew a long breath, with the air of a man relieved of some intolerable burthen, and then replied, in an assured tone:

'I have no way of telling – but he can't be more than four or five years old. Have you got him here?'

'Oh no; we had no conveniences for keeping him here. He is at a livery stable in the Rue Dubourg, just by. You can get him in the morning. Of course you are prepared to identify the property?'

'To be sure I am, sir.'

'I shall be sorry to part with him,' said Dupin.

'I don't mean that you should be at all this trouble for nothing, sir,' said the man. 'Couldn't expect it. Am very willing to pay a reward for the finding of the animal – that is to say, anything in reason.'

'Well,' replied my friend, 'that is all very fair, to be sure. Let me think! – what should I have? Oh! I will tell you. My reward shall be this. You shall give me all the information in your power about these murders in the Rue Morgue.'

bâtardé de suisse, rappelait suffisamment une origine parisienne.

– Asseyez-vous, mon ami, dit Dupin, je suppose que vous venez pour votre orang-outang. Sur ma parole, je vous l'envie presque ; il est remarquablement beau, et c'est sans doute une bête d'un grand prix. Quel âge lui donnez-vous bien ?

Le matelot aspira longuement, de l'air d'un homme qui se trouve soulagé d'un poids intolérable, et répliqua d'une voix assurée :

– Je ne saurais pas trop vous dire ; cependant, il ne peut guère avoir plus de quatre ou cinq ans. Est-ce que vous l'avez ici ?

– Oh ! non ; nous n'avions pas de lieu commode pour l'enfermer. Il est dans une écurie de manège près d'ici, rue Dubourg. Vous pourrez l'avoir demain matin. Ainsi, vous êtes en mesure de prouver votre droit de propriété ?

– Oui, monsieur, certainement.

– Je serais vraiment peiné de m'en séparer, dit Dupin.

– Je n'entends pas, dit l'homme, que vous ayez pris tant de peine pour rien ; je n'y ai pas compté. Je paierai volontiers une récompense à la personne qui a retrouvé l'animal, une récompense raisonnable, s'entend.

– Fort bien, répliqua mon ami, tout cela est fort juste, en vérité. Voyons, – que donneriez-vous bien ? Ah ! je vais vous le dire. Voici quelle sera ma récompense : vous me raconterez tout ce que vous savez relativement aux assassinats de la rue Morgue.

Dupin said the last words in a very low tone, and very quietly. Just as quietly, too, he walked toward the door, locked it, and put the key in his pocket. He then drew a pistol from his bosom and placed it, without the least flurry, upon the table.

The sailor's face flushed up as if he were struggling with suffocation. He started to his feet and grasped his cudgel; but the next moment he fell back into his seat, trembling violently, and with the countenance of death itself. He spoke not a word. I pitied him from the bottom of my heart.

'My friend,' said Dupin, in a kind tone, 'you are alarming yourself unnecessarily – you are indeed. We mean you no harm whatever. I pledge you the honour of a gentleman, and of a Frenchman, that we intend you no injury. I perfectly well know that you are innocent of the atrocities in the Rue Morgue. It will not do, however, to deny that you are in some measure implicated in them. From what I have already said, you must know that I have had means of information about this matter – means of which you could never have dreamed. Now the thing stands thus. You have done nothing which you could have avoided – nothing, certainly, which renders you culpable. You were not even guilty of robbery, when you might have robbed with impunity. You have nothing to conceal. You have no reason for concealment. On the other hand, you are bound by every principle of honour to confess all you know. An innocent man is now imprisoned, charged with that crime of which you can point out the perpetrator.'

Dupin prononça ces derniers mots d'une voix très basse et fort tranquillement. Il se dirigea vers la porte avec la même placidité, la ferma, et mit la clef dans sa poche. Il tira un pistolet de son sein, et le posa sans le moindre émoi sur la table.

La figure du marin devint pourpre, comme s'il en était aux agonies d'une suffocation. Il se dressa sur ses pieds et saisit son bâton; mais une seconde après, il se laissa retomber sur son siège, tremblant violemment et la mort sur le visage. Il ne pouvait articuler une parole. Je le plaignais du plus profond de mon cœur.

– Mon ami, dit Dupin d'une voix pleine de bonté, vous vous alarmez sans motif, – je vous assure. Nous ne voulons vous faire aucun mal. Sur mon honneur de galant homme et de Français, nous n'avons aucun mauvais dessein contre vous. Je sais parfaitement que vous êtes innocent des horreurs de la rue Morgue. Cependant, cela ne veut pas dire que vous n'y soyez pas quelque peu impliqué. Le peu que je vous aie dit doit vous prouver que j'ai eu sur cette affaire des moyens d'information dont vous ne vous seriez jamais douté. Maintenant la chose est claire pour nous. Vous n'avez rien fait que vous ayez pu éviter, – rien, à coup sûr, qui vous rende coupable. Vous auriez pu voler impunément; vous n'avez même pas été coupable de vol. Vous n'avez rien à cacher; vous n'avez aucune raison de cacher quoi que ce soit. D'un autre côté, vous êtes contraint par tous les principes de l'honneur à confesser tout ce que vous savez. Un homme innocent est actuellement en prison, accusé du crime dont vous pouvez indiquer l'auteur.

The sailor had recovered his presence of mind, in a great measure, while Dupin uttered these words; but his original boldness of bearing was all gone.

'So help me God,' said he, after a brief pause, 'I *will* tell you all I know about this affair; – but I do not expect you to believe one half I say – I would be a fool indeed if I did. Still, I *am* innocent, and I will make a clean breast if I die for it.'

What he stated was, in substance, this. He had lately made a voyage to the Indian Archipelago. A party, of which he formed one, landed at Borneo, and passed into the interior on an excursion of pleasure. Himself and a companion had captured the Ourang-Outang. This companion dying, the animal fell into his own exclusive possession. After great trouble, occasioned by the intractable ferocity of his captive during the home voyage, he at length succeeded in lodging it safely at his own residence in Paris, where, not to attract toward himself the unpleasant curiosity of his neighbours, he kept it carefully secluded, until such time as it should recover from a wound in the foot, received from a splinter on board ship. His ultimate design was to sell it.

Returning home from some sailors' frolic on the night, or rather in the morning of the murder, he found the beast occupying his own bedroom, into which it had broken from a closet adjoining, where it had been, as was thought, securely confined. Razor in hand, and fully lathered, it was sitting

Pendant que Dupin prononçait ces mots, le matelot avait recouvré, en grande partie, sa présence d'esprit; mais toute sa première hardiesse avait disparu.

– Que Dieu me soit en aide! dit-il, après une petite pause, je vous dirai tout ce que je sais sur cette affaire; mais je n'espère pas que vous en croyiez la moitié, – je serais vraiment un sot, si je l'espérais! Cependant, je suis innocent, et je dirai tout ce que j'ai sur le cœur, quand même il m'en coûterait la vie!

Voici en substance ce qu'il nous raconta : Il avait fait dernièrement un voyage dans l'archipel indien. Une bande de matelots, dont il faisait partie, débarqua à Bornéo et pénétra dans l'intérieur pour y faire une excursion d'amateurs. Lui et un de ses camarades avaient pris l'orang-outang. Ce camarade mourut, et l'animal devint donc sa propriété exclusive, à lui. Après bien des embarras causés par l'indomptable férocité du captif pendant la traversée, il réussit à la longue à le loger sûrement dans sa propre demeure à Paris, et, pour ne pas attirer sur lui-même l'insupportable curiosité des voisins, il avait soigneusement enfermé l'animal, jusqu'à ce qu'il l'eût guéri d'une blessure au pied qu'il s'était faite à bord avec une esquille. Son projet, finalement, était de le vendre.

Comme il revenait, une nuit, ou plutôt un matin – le matin du meurtre, – d'une petit orgie de matelots, il trouva la bête installée dans sa chambre à coucher; elle s'était échappée du cabinet voisin, où il la croyait solidement enfermée. Un rasoir à la main et toute barbouillée de savon, elle était assise

before a looking-glass, attempting the operation of shaving, in which it had no doubt previously watched its master through the keyhole of the closet. Terrified at the sight of so dangerous a weapon in the possession of an animal so ferocious, and so well able to use it, the man, for some moments, was at a loss what to do. He had been accustomed, however, to quiet the creature, even in its fiercest moods, by the use of a whip, and to this he now resorted. Upon sight of it, the Ourang-Outang sprang at once through the door of the chamber, down the stairs, and thence, through a window, unfortunately open, into the street.

The Frenchman followed in despair; the ape, razor still in hand, occasionally stopping to look back and gesticulate at its pursuer, until the latter had nearly come up with it. It then again made off. In this manner the chase continued for a long time. The streets were profoundly quiet, as it was nearly three o'clock in the morning. In passing down an alley in the rear of the Rue Morgue, the fugitive's attention was arrested by a light gleaming from the open window of Madame L'Espanaye's chamber, in the fourth storey of her house. Rushing to the building, it perceived the lightning-rod, clambered up with inconceivable agility, grasped the shutter, which was thrown fully back against the wall, and, by its means, swung itself directly upon the head-board of the bed. The whole feat did not occupy a minute. The shutter was kicked open again by the Ourang-Outang as it entered the room.

devant un miroir, et essayait de se raser, comme sans doute elle l'avait vu faire à son maître en l'épiant par le trou de la serrure. Terrifié en voyant une arme si dangereuse dans les mains d'un animal aussi féroce, parfaitement capable de s'en servir, l'homme, pendant quelques instants, n'avait su quel parti prendre. D'habitude, il avait dompté l'animal, même dans ses accès les plus furieux, par les coups de fouet; et il voulut y recourir cette fois encore. Mais en voyant le fouet, l'orang-outang bondit à travers la porte de la chambre, dégringola par les escaliers, et, profitant d'une fenêtre ouverte par malheur, il se jeta dans la rue.

Le Français, désespéré, poursuivit le singe; – celui-ci, tenant toujours son rasoir d'une main, s'arrêtait de temps en temps, se retournait, et faisait des grimaces à l'homme qui le poursuivait, jusqu'à ce qu'il se vît près d'être atteint, puis il reprenait sa course. Cette chasse dura ainsi un bon bout de temps. Les rues étaient profondément tranquilles, et il pouvait être trois heures du matin. En traversant un passage derrière la rue Morgue, l'attention du fugitif fut attirée par une lumière qui partait de la fenêtre ouverte de madame l'Espanaye, au quatrième étage de sa maison. Il se précipita vers le mur, il aperçut la chaîne du paratonnerre, y grimpa avec une inconcevable agilité, saisit le volet, qui était complètement rabattu contre le mur, et en s'appuyant dessus, il s'élança droit sur le chevet du lit.

Toute cette gymnastique ne dura pas une minute. Le volet avait été repoussé contre le mur par le bond que l'orang-outang avait fait en se jetant dans la chambre.

The sailor, in the meantime, was both rejoiced and perplexed. He had strong hopes of now recapturing the brute, as it could scarcely escape from the trap into which it had ventured, except by the rod, where it might be intercepted as it came down. On the other hand, there was much cause for anxiety as to what it might do in the house. This latter reflection urged the man still to follow the fugitive. A lightning-rod is ascended without difficulty, especially by a sailor; but, when he had arrived as high as the window, which lay far to his left, his career was stopped; the most that he could accomplish was to reach over so as to obtain a glimpse of the interior of the room. At this glimpse he nearly fell from his hold through excess of horror. Now it was that those hideous shrieks arose upon the night, which had startled from slumber the inmates of the Rue Morgue. Madame L'Espanaye and her daughter, habituated in their night clothes, had apparently been arranging some papers in the iron chest already mentioned, which had been wheeled into the middle of the room. It was open, and its contents lay beside it on the bed. The victims must have been sitting with their backs toward the window; and, from the time elapsing between the ingress of the beast and the screams, it seems probable that it was not immediately perceived. The flapping-to of the shutter would naturally have been attributed to the wind.

As the sailor looked in, the gigantic animal had seized Madame L'Espanaye by the hair (which was loose, as she had been combing it),

« Comme il parlait, j'aperçus une lumière rouge, d'un éclat sombre et sinistre, qui flottait sur le versant du gouffre immense où nous étions ensevelis, et jetait à notre bord un reflet vacillant. »

1 *Manuscrit trouvé dans une bouteille*, illustration d'une édition de 1949.

2

3

2 Ayant perdu sa mère à l'âge de deux ans, Edgar fut recueilli par Frances Allen, femme d'un négociant écossais installé à Richmond, Virginie. Gravure, vers 1860.
3 À Boston, apprenti typographe, Poe fait imprimer ses premiers livres. State Street en 1851, gravure de Renard.

4 Poe, à droite, avec des amis de West Range, l'université de Virginie, où il entreprit des études entre février et décembre 1826.

5

5-6-7 Pierre Falké, illustrations de *Manuscrit trouvé dans une bouteille*, Paris, 1919.

5 « Après plusieurs années dépensées dans un lointain voyage, je m'embarquai, en 18... ».
6 « Il y a environ une heure, je me suis senti la hardiesse de me glisser dans un groupe d'hommes de l'équipage. »
7 « J'ai vu le capitaine face à face, et dans sa propre cabine... »

6

7

8

8 Edgar Poe, gravure de Samuel Hollyer d'après un daguerréo-type.
9 Couverture du *Bur-ton's Gentleman's Magazine*, 1839.
10 La maison à Broad-way où Poe vivait vers 1844.
11 Vue de New York en 1851, gravure.

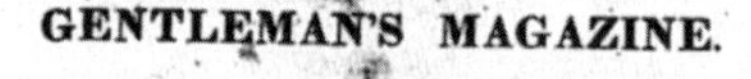

BURTON'S

GENTLEMAN'S MAGAZINE.

EDITED BY

WILLIAM E. BURTON AND EDGAR A. POE.

VOLUME V.

FROM JULY TO DECEMBER.

PHILADELPHIA.
PUBLISHED BY WILLIAM E. BURTON.

1839.

9

10

11

3f.

EDGAR POE

L'Affaire de la rue Morgue

Traduction de

CHARLES BAUDELAIRE

Editions DEUX-TROIS

LA LETTRE VOLÉE

J'ÉTAIS à Paris en 18... Après une sombre et orageuse soirée d'automne, je jouissais de la double volupté de la méditation et d'une pipe d'écume de mer, en compagnie de mon ami Dupin, dans sa petite bibliothèque ou cabinet d'étude, rue Dunot, n° 33, au troisième, faubourg Saint-Germain. Pendant une bonne heure, nous avions gardé un profond silence; chacun de nous, pour le premier observateur venu, aurait paru profondément et exclusivement occupé des tourbillons frisés de fumée qui chargeaient l'atmosphère de la chambre. Pour mon compte, je discutais en moi-

13

14

12 Couverture d'une édition de 1923 de *L'Affaire de la rue Morgue*.
13 *La Lettre volée*, édition illustrée par Louis Legrand, Paris, 1897.
14 *La Lettre volée*, aquarelle de J. Drotz, 1921.

« Pendant trois mois il ne s'est pas passé une nuit, dont je n'aie employé la plus grande partie à fouiller, en personne, l'hôtel D... »

HISTOIRES

EXTRAORDINAIRES

PAR

EDGAR POE

TRADUCTION DE

CHARLES BAUDELAIRE

EDGAR POE, SA VIE ET SES ŒUVRES
DOUBLE ASSASSINAT DANS LA RUE MORGUE
LA LETTRE VOLÉE
LE SCARABÉE D'OR — LE CANARD AU BALLON
AVENTURE SANS PAREILLE D'UN CERTAIN HANS PFAAL
MANUSCRIT TROUVÉ DANS UNE BOUTEILLE
UNE DESCENTE DANS LE MAELSTROM — LA VÉRITÉ
SUR LE CAS DE M. VALDEMAR — RÉVÉLATION MAGNÉTIQUE
LES SOUVENIRS DE M. AUGUSTE BEDLOE
MORELLA — LIGEIA — METZENGERSTEIN

PARIS

MICHEL LÉVY FRÈRES, LIBRAIRES-ÉDITEURS

RUE VIVIENNE, 2 bis

—

1856

15

16

15 Page de titre des *Histoires extraordinaires*, traduction de Charles Baudelaire, 1856.
16 Baudelaire, photographié par Carjat.

Voici d'abord la liste des ouvrages de Poe, éditions diverses dont l'ensemble constitue son œuvre :

Tales. — Wiley & C°
Tales of the grotesque and arabesque. 2 vol. — Harpers.
Raven and other poems — Wiley & C°
(Je ne sais pas s'il y a dans cette édition les poésies de jeunesse, et d'ailleurs Poe a pu faire d'autres poésies depuis cette publication)
Eureka — C. P. Putnam
The literati (contient beaucoup d'articles de critique, ses querelles avec beaucoup d'écrivains, marginalia, fifty suggestions, et une longue biographie par Griswold) Redfield. New York
The narrative of Arthur Gordon Pym. — Harper and Brothers. 1838. New York.
(non signé. Mr Poe est censé le metteur en œuvre des notes d'A. G. Pym)
Conchologist's first Book — Barrington & H.
(Je ne sais si cet ouvrage est très important, et si ce n'est pas simplement une compilation. Je crois que j'ai lu dans un article de Rufus Griswold que Poe qui avait la manie de l'accusation de plagiat s'est servi d'un autre livre pour faire celui-ci. — Conchologist's first Book est un manuel de la science des coquillages, qui contient des planches, et qui est fort cher.)

Tout cela se trouve à New York à moins que ce ne soit épuisé.

Voici maintenant des éditions plus ou moins complètes qu'on pourrait appeler des recueils de morceaux choisis.

Tales and Sketches — Routledge & Co. Farringdon Street. London.
un petit volume.
Tales of mystery, imagination and humour, 2 vol. — Clarke Beeton & Co. London.
(Se défier des contrefaçons anglaises. Fautes d'impressions. Les poésies sont mêlées avec les nouvelles. Les titres sont quelquefois changés — la biographie de cette dernière (en tête) est un abrégé de celle de Griswold.)
Works of late Edgar A. Poe 2 vol. compactes mis en ordre par Griswold, Willis & Lowell. — Redfield - New York

17

17 Liste dressée par Charles Baudelaire des éditions des œuvres d'Edgar Allan Poe.

« Rarement un écrivain et son traducteur ont été liés à ce point : ils se doivent mutuellement leur célébrité. »

18

18 Photo de l'affiche de *The Phantom of the Rue Morgue*, de Roy Del Ruth, 1954, avec Claude Dauphin, Steve Forrest et Charles Gemora dans le rôle du gorille.

19

20

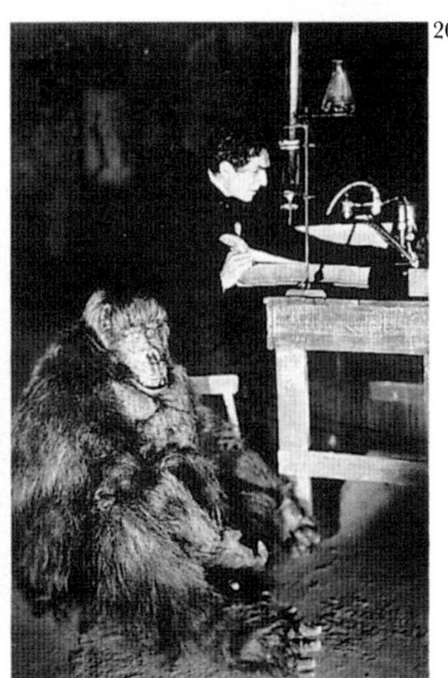

« Ce matin, vers trois heures, les habitants du quartier Saint-Roch furent réveillés par une suite de cris effrayants... »

19-20-21 Scènes du film *Murders in the Rue Morgue*, de Robert Florey, 1932, avec Bela Lugosi.

21

22 *Poe sur le High Bridge*, lithographie de B.J. Rosenmeyer, vers 1930.
23 Virginia Eliza Poe, née Clemm, portrait aquarellé exécuté après sa mort à Fordham en 1847.
24 En 1846, Poe s'était installé avec Virginia et sa mère, Mrs Clemm, dans un cottage à Fordham, près de New York.

23

24

25 Le « Ultima Thule », daguerréotype pris en 1848, au cours de la dernière année de vie de l'écrivain.

Crédits photographiques

1, 4, 8 : Mary Evans Picture Library/Explorer. 2, 3, 15, 16 : Roger-Viollet. 5, 6, 7, 12, 13, 14 : Bibliothèque nationale, Paris. 9 : Droits réservés. 10, 25 : Hulton-Deutsch/Sipa. 11 : L'Illustration/Sygma. 17, 23, 24 : Enoch Pratt Free Library, Humanities Division, Baltimore. 18, 19, 20, 21 : Prod/DB. 22 : The New York Public Library, Print Collection, Astor, Lenox and Tilden Foundations.

Cependant, le matelot était à la fois joyeux et inquiet. Il avait donc bonne espérance de ressaisir l'animal, qui pouvait difficilement s'échapper de la trappe où il s'était aventuré, et d'où on pouvait lui barrer la fuite. D'un autre côté, il y avait lieu d'être fort inquiet de ce qu'il pouvait faire dans la maison. Cette dernière réflexion incita l'homme à se remettre à la poursuite de son fugitif. Il n'est pas difficile pour un marin de grimper à une chaîne de paratonnerre; mais, quand il fut arrivé à la hauteur de la fenêtre, située assez loin sur sa gauche, il se trouva fort empêché; tout ce qu'il put faire de mieux fut de se dresser de manière à jeter un coup d'œil dans l'intérieur de la chambre. Mais ce qu'il vit lui fit presque lâcher prise dans l'excès de sa terreur. C'était alors que s'élevaient les horribles cris qui, à travers le silence de la nuit, réveillèrent en sursaut les habitants de la rue Morgue.

Madame l'Espanaye et sa fille, vêtues de leurs toilettes de nuit, étaient sans doute occupées à ranger quelques papiers dans le coffret de fer dont il a été fait mention, et qui avait été traîné au milieu de la chambre. Il était ouvert, et tout son contenu était éparpillé sur le parquet. Les victimes avaient sans doute le dos tourné à la fenêtre; et, à en juger par le temps qui s'écoula entre l'invasion de la bête et les premiers cris, il est probable qu'elles ne l'aperçurent pas tout de suite. Le claquement du volet a pu être vraisemblablement attribué au vent.

Quand le matelot regarda dans la chambre, le terrible animal avait empoigné madame l'Espanaye par ses cheveux qui étaient épars et qu'elle peignait,

and was flourishing the razor about her face, in imitation of the motions of a barber. The daughter lay prostrate and motionless: she had swooned. The screams and struggles of the old lady (during which the hair was torn from her head) had the effect of changing the probably pacific purposes of the Ourang-Outang into those of wrath. With one determined sweep of its muscular arm it nearly severed her head from her body. The sight of blood inflamed its anger into frenzy. Gnashing its teeth, and flashing fire from its eyes, it flew upon the body of the girl, and imbedded its fearful talons in her throat, retaining its grasp until she expired. Its wandering and wild glances fell at this moment upon the head of the bed, over which the face of its master, rigid with horror, was just discernible. The fury of the beast, who no doubt bore still in mind the dreaded whip, was instantly converted into fear. Conscious of having deserved punishment, it seemed desirous of concealing its bloody deeds, and skipped about the chamber in an agony of nervous agitation; throwing down and breaking the furniture as it moved, and dragging the bed from the bedstead. In conclusion, it seized first the corpse of the daughter, and thrust it up the chimney, as it was found; then that of the old lady, which it immediately hurled through the window headlong.

As the ape approached the casement with its mutilated burthen, the sailor shrank aghast to the rod, and, rather gliding than clambering down it, hurried at once home – dreading the consequences

et il agitait le rasoir autour de sa figure, en imitant les gestes d'un barbier. La fille était par terre, immobile ; elle s'était évanouie. Les cris et les efforts de la vieille dame, pendant lesquels les cheveux lui furent arrachés de la tête, eurent pour effet de changer en fureur les dispositions probablement pacifiques de l'orang-outang. D'un coup rapide de son bras musculeux, il sépara presque la tête du corps. La vue du sang transforma sa fureur en frénésie. Il grinçait des dents, il lançait du feu par les yeux. Il se jeta sur le corps de la jeune personne, il lui ensevelit ses terribles griffes dans la gorge, et les y laissa jusqu'à ce qu'elle fût morte. Ses yeux égarés et sauvages tombèrent en ce moment sur le chevet du lit, au-dessus duquel il put apercevoir la face de son maître, paralysée par l'horreur.

La furie de la bête, qui sans aucun doute se souvenait du terrible fouet, se changea immédiatement en frayeur. Sachant bien qu'elle avait mérité un châtiment, elle semblait vouloir cacher les traces sanglantes de son action, et bondissait à travers la chambre dans un accès d'agitation nerveuse, bousculant et brisant les meubles à chacun de ses mouvements, et arrachant les matelas du lit. Finalement, elle s'empara du corps de la fille, et le poussa dans la cheminée, dans la posture où elle fut trouvée ; puis de celui de la vieille dame qu'elle précipita la tête la première à travers la fenêtre.

Comme le singe s'approchait de la fenêtre avec son fardeau tout mutilé, le matelot épouvanté se baissa, et se laissant couler le long de la chaîne sans précautions, il s'enfuit tout d'un trait jusque chez lui, redoutant les conséquences

of the butchery, and gladly abandoning, in his terror, all solicitude about the fate of the Ourang-Outang. The words heard by the party upon the staircase were the Frenchman's exclamations of horror and affright, commingled with the fiendish jabberings of the brute.

I have scarcely anything to add. The Ourang-Outang must have escaped from the chamber by the rod, just before the breaking of the door. It must have closed the window as it passed through it. It was subsequently caught by the owner himself, who obtained for it a very large sum at the *Jardin des Plantes*. Le Bon was instantly released, upon our narration of the circumstances (with some comments from Dupin) at the *bureau* of the Prefect of Police. This functionary, however well disposed to my friend, could not altogether conceal his chagrin at the turn which affairs had taken, and was fain to indulge in a sarcasm or two, about the propriety of every person minding his own business.

'Let him talk,' said Dupin, who had not thought it necessary to reply. 'Let him discourse; it will ease his conscience. I am satisfied with having defeated him in his own castle. Nevertheless, that he failed in the solution of this mystery is by no means that matter for wonder which he supposes it; for in truth, our friend the Prefect is somewhat too cunning to be profound. In his wisdom is no *stamen*. It is all head and no body, like the pictures of the Goddess Laverna, – or, at

de cette atroce boucherie, et, dans sa terreur, abandonnant volontiers tout souci de la destinée de son orang-outang. Les voix entendues par les gens de l'escalier étaient ses exclamations d'horreur et d'effroi mêlées aux glapissements diaboliques de la bête.

Je n'ai presque rien à ajouter. L'orang-outang s'était sans doute échappé de la chambre par la chaîne du paratonnerre, juste avant que la porte fût enfoncée. En passant par la fenêtre, il l'avait évidemment refermée. Il fut rattrapé plus tard par le propriétaire lui-même, qui le vendit pour un bon prix au jardin des Plantes.

Lebon fut immédiatement relâché, après que nous eûmes raconté toutes les circonstances de l'affaire, assaisonnées de quelques commentaires de Dupin, dans le cabinet même du préfet de police. Ce fonctionnaire, quelque bien disposé qu'il fût envers mon ami, ne pouvait pas absolument déguiser sa mauvaise humeur en voyant l'affaire prendre cette tournure, et se laissa aller à un ou deux sarcasmes sur la manie des personnes qui se mêlaient de ses fonctions.

– Laissez-le parler, dit Dupin, qui n'avait pas jugé à propos de répliquer. Laissez-le jaser, cela allégera sa conscience. Je suis content de l'avoir battu sur son propre terrain. Néanmoins, qu'il n'ait pas pu débrouiller ce mystère, il n'y a nullement lieu de s'en étonner, et cela est moins singulier qu'il ne le croit; car, en vérité, notre ami le préfet est un peu trop fin pour être profond. Sa science n'a pas de base. Elle est toute en tête, et n'a pas de corps, comme les portraits de la déesse Laverna, – ou, si

best, all head and shoulders, like a codfish. But he is a good creature after all. I like him especially for one master stroke of cant, by which he has attained his reputation for ingenuity. I mean the way he has "*de nier ce qui est, et d'expliquer ce qui n'est pas*[*]".'

* Rousseau, *Nouvelle Héloise*. [E.A.P.]

vous aimez mieux, toute en tête et en épaules, comme une morue. Mais, après tout, c'est un brave homme. Je l'adore particulièrement pour un merveilleux genre de *cant* auquel il doit sa réputation de génie. Je veux parler de sa manie *de nier ce qui est, et d'expliquer ce qui n'est pas.*

The Purloined Letter
La Lettre volée

THE PURLOINED LETTER

Nil sapientiæ odiosius acumine nimio.

Seneca.

At Paris, just after dark one gusty evening in the autumn of 18..., I was enjoying the twofold luxury of meditation and a meerschaum, in company with my friend C. Auguste Dupin, in his little back library, or book-closet, *au troisième*, No. 33, *Rue Dunôt, Faubourg St Germain.* For one hour at least we had maintained a profound silence; while each, to any casual observer, might have seemed intently and exclusively occupied with the curling eddies of smoke that oppressed the atmosphere of the chamber. For myself, however, I was mentally discussing certain topics which had formed matter for conversation between us at an earlier period of the evening; I mean the affair of the Rue Morgue, and the mystery attending the murder of Marie Rogêt.

1. Encore un meurtre, dont Dupin refait l'instruction. – Le *Double assassinat dans la rue Morgue, Le Mystère de Marie Roget,* et *La Lettre volée* font une espèce de trilogie. Obligé de donner

LA LETTRE VOLÉE

Nil sapientiæ odiosius acumine nimio

Sénèque.

J'étais à Paris en 18... Après une sombre et orageuse soirée d'automne, je jouissais de la double volupté de la méditation et d'une pipe d'écume de mer, en compagnie de mon ami Dupin, dans sa petite bibliothèque ou cabinet d'étude, rue Dunot, n° 33, au troisième, faubourg Saint-Germain. Pendant une bonne heure, nous avions gardé un profond silence; chacun de nous, pour le premier observateur venu, aurait paru profondément et exclusivement occupé des tourbillons frisés de fumée qui chargeaient l'atmosphère de la chambre. Pour mon compte, je discutais en moi-même certains points qui avaient été dans la première partie de la soirée l'objet de notre conversation; je veux parler de l'affaire de la rue Morgue, et du mystère relatif à l'assassinat de Marie Roget [1].

des échantillons variés des talents de Poe, j'ai craint la répétition. [C.B.]

I looked upon it, therefore, as something of a coincidence, when the door of our apartment was thrown open and admitted our old acquaintance, Monsieur G..., the Prefect of the Parisian police.

We gave him a hearty welcome; for there was nearly half as much of the entertaining as of the contemptible about the man, and we had not seen him for several years. We had been sitting in the dark, and Dupin now arose for the purpose of lighting a lamp, but sat down again, without doing so, upon G...'s saying that he had called to consult us, or rather to ask the opinion of my friend, about some official business which had occasioned a great deal of trouble.

'If it is any point requiring reflection,' observed Dupin, as he forbore to enkindle the wick, 'we shall examine it to better purpose in the dark.'

'That is another of your odd notions,' said the Prefect, who had a fashion of calling everything 'odd' that was beyond his comprehension, and thus lived amid an absolute legion of 'oddities'.

'Very true,' said Dupin, as he supplied his visitor with a pipe, and rolled towards him a comfortable chair.

'And what is the difficulty now?' I asked. 'Nothing more in the assassination way, I hope?'

'Oh no; nothing of that nature. The fact is, the business is *very* simple indeed, and I make no doubt that we can manage it sufficiently well ourselves;

Je rêvais donc à l'espèce d'analogie qui reliait ces deux affaires, quand la porte de notre appartement s'ouvrit, et donna passage à notre vieille connaissance, à M. G..., le préfet de police de Paris.

Nous lui souhaitâmes cordialement la bienvenue; car l'homme avait son revers charmant comme son côté méprisable, et nous ne l'avions pas vu depuis quelques années. Comme nous étions assis dans les ténèbres, Dupin se leva pour allumer une lampe; mais il se rassit et n'en fit rien, entendant G... dire qu'il était venu pour nous consulter, ou plutôt pour demander l'opinion de mon ami relativement à une affaire qui lui avait causé une masse d'embarras.

– Si c'est un cas qui demande de la réflexion, observa Dupin, s'abstenant d'allumer la mèche, nous l'examinerons plus convenablement dans les ténèbres.

– Voilà encore une de vos idées bizarres, dit le préfet, qui avait la manie d'appeler bizarres toutes les choses situées au-delà de sa compréhension, et qui vivait ainsi au milieu d'une immense légion de bizarreries.

– C'est, ma foi, vrai! dit Dupin en présentant une pipe à notre visiteur, et roulant vers lui un excellent fauteuil.

– Et maintenant, quel est le cas embarrassant? demandai-je; j'espère bien que ce n'est pas encore dans le genre assassinat.

– Oh! non. Rien de pareil. Le fait est que l'affaire est vraiment très simple, et je ne doute pas que nous ne puissions nous en tirer fort bien nous-mêmes;

but then I thought Dupin would like to hear the details of it, because it is so excessively *odd*.'

'Simple and odd,' said Dupin.

'Why, yes; and not exactly that, either. The fact is, we have all been a good deal puzzled because the affair *is* so simple, and yet baffles us altogether.'

'Perhaps it is the very simplicity of the thing which puts you at fault,' said my friend.

'What nonsense you *do* talk!' replied the Prefect, laughing heartily.

'Perhaps the mystery is a little *too* plain,' said Dupin.

'Oh, good heavens! who ever heard of such an idea?'

'A little *too* self-evident.'

'Ha! ha! ha! – ha! ha! ha! – ho! ho! ho!' roared our visitor, profoundly amused, 'oh, Dupin, you will be the death of me yet!'

'And what, after all, *is* the matter on hand?' I asked.

'Why, I will tell you,' replied the Prefect, as he gave a long, steady, and contemplative puff, and settled himself in his chair. 'I will tell you in a few words; but, before I begin, let me caution you that this is an affair demanding the greatest secrecy, and that I should most probably lose the position I now hold, were it known that I confided it to any one.'

'Proceed,' said I.

'Or not,' said Dupin.

mais j'ai pensé que Dupin ne serait pas fâché d'apprendre les détails de cette affaire, parce qu'elle est excessivement *bizarre.*

– Simple et bizarre, dit Dupin.

– Mais oui ; et cette expression n'est pourtant pas exacte ; – l'un ou l'autre, si vous aimez mieux. Le fait est que nous avons été tous là-bas fortement embarrassés par cette affaire ; car, toute simple qu'elle est, elle nous déroute complètement.

– Peut-être est-ce la simplicité même de la chose qui vous induit en erreur, dit mon ami.

– Quel non-sens nous dites-vous là ! répliqua le préfet, en riant de bon cœur.

– Peut-être le mystère est-il un peu *trop* clair, dit Dupin.

– Oh ! bonté du ciel ! qui a jamais ouï parler d'une idée pareille ?

– Un peu *trop* évident.

– Ha ! ha ! – ha ! ha ! – oh ! oh ! criait notre hôte, qui se divertissait profondément. Oh ! Dupin, vous me ferez mourir de joie, voyez-vous.

– Et enfin, demandai-je, quelle est la chose en question ?

– Mais, je vous la dirai, répliqua le préfet, en lâchant une longue, solide et contemplative bouffée de fumée, et s'établissant dans son fauteuil. Je vous la dirai en peu de mots. Mais avant de commencer, laissez-moi vous avertir que c'est une affaire qui demande le plus grand secret, et que je perdrais très probablement le poste que j'occupe, si l'on savait que je l'ai confiée à qui que ce soit.

– Commencez, dis-je.

– Ou ne commencez pas, dit Dupin.

'Well, then; I have received personal information, from a very high quarter, that a certain document of the last importance, has been purloined from the royal apartments. The individual who purloined it is known; this beyond a doubt; he was seen to take it. It is known, also, that it still remains in his possession.'

'How is this known?' asked Dupin.

'It is clearly inferred,' replied the Prefect, 'from the nature of the document, and from the non-appearance of certain results which would at once arise from its passing *out* of the robber's possession; – that is to say, from his employing it as he must design in the end to employ it.'

'Be a little more explicit,' I said.

'Well, I may venture so far as to say that the paper gives its holder a certain power in a certain quarter where such power is immensely valuable.' The Prefect was fond of the cant of diplomacy.

'Still I do not quite understand,' said Dupin.

'No? Well; the disclosure of the document to a third person, who shall be nameless, would bring in question the honour of a personage of most exalted station; and this fact gives the holder of the document an ascendancy over the illustrious personage whose honour and peace are so jeopardized.'

'But this ascendancy,' I interposed, 'would depend upon the robber's knowledge of the loser's knowledge of the robber. Who would dare...?'

'The thief,' said G..., 'is the Minister D..., who dares all things, those unbecoming as well as those becoming a man.

– C'est bien ; je commence. J'ai été informé personnellement, et en très haut lieu, qu'un certain document de la plus grande importance avait été soustrait dans les appartements royaux. On sait quel est l'individu qui l'a volé ; cela est hors de doute ; on l'a vu s'en emparer. On sait aussi que ce document est toujours en sa possession.

– Comment sait-on cela ? demanda Dupin.

– Cela est clairement déduit de la nature du document et de la non-apparition de certains résultats qui surgiraient immédiatement s'il sortait des mains du voleur ; en d'autres termes, s'il était employé en vue du but que celui-ci doit évidemment se proposer.

– Veuillez être un peu plus clair, dis-je.

– Eh bien ! j'irai jusqu'à dire que ce papier confère à son détenteur un certain pouvoir dans un certain lieu où ce pouvoir est d'une valeur inappréciable. – Le préfet raffolait du *cant* diplomatique.

– Je continue à ne rien comprendre, dit Dupin.

– Rien, vraiment ? – Allons ! – Ce document, révélé à un troisième personnage, dont je tairai le nom, mettrait en question l'honneur d'une personne du plus haut rang ; et voilà ce qui donne au détenteur du document un ascendant sur l'illustre personne dont l'honneur et la sécurité sont ainsi mis en péril.

– Mais cet ascendant, interrompis-je, dépend de ceci : le voleur sait-il que la personne volée connaît son voleur ? Qui oserait... ?

– Le voleur, dit G..., c'est D..., qui ose tout, ce qui est indigne d'un homme, aussi bien que ce qui est digne de lui.

The method of the theft was not less ingenious than bold. The document in question – a letter, to be frank – had been received by the personage robbed while alone in the royal *boudoir*. During its perusal she was suddenly interrupted by the entrance of the other exalted personage from whom especially it was her wish to conceal it. After a hurried and vain endeavour to thrust it in a drawer, she was forced to place it, open as it was, upon a table. The address, however, was uppermost, and, the contents thus unexposed, the letter escaped notice. At this juncture enters the Minister D... His lynx eye immediately perceives the paper, recognizes the handwriting of the address, observes the confusion of the personage addressed, and fathoms her secret. After some business transactions, hurried through in his ordinary manner, he produces a letter somewhat similar to the one in question, opens it, pretends to read it, and then places it in close juxtaposition to the other. Again he converses, for some fifteen minutes, upon the public affairs. At length, in taking leave, he takes also from the table the letter to which he had no claim. Its rightful owner saw, but, of course, dared not call attention to the act, in the presence of the third personage who stood at her elbow. The minister decamped; leaving his own letter – one of no importance – upon the table.'

'Here, then,' said Dupin to me, 'you have precisely what you demand to make the ascendancy complete – the robber's knowledge of the loser's knowledge of the robber.'

Le procédé du vol a été aussi ingénieux que hardi. Le document en question – une lettre, pour être franc, – a été reçu par la personne volée pendant qu'elle était seule dans le boudoir royal. Pendant qu'elle le lisait, elle fut soudainement interrompue par l'entrée de l'autre illustre personnage à qui elle désirait particulièrement le cacher. Après avoir essayé en vain de le jeter rapidement dans un tiroir, elle fut obligée de le déposer tout ouvert sur une table. La lettre, toutefois, était retournée, la suscription en dessus, et, le contenu étant ainsi caché, elle n'attira pas l'attention. Sur ces entrefaites arriva le ministre D... Son œil de lynx perçoit immédiatement le papier, reconnaît l'écriture de la suscription, remarque l'embarras de la personne à qui elle était adressée, et pénètre son secret.

« Après avoir traité quelques affaires, expédiées tambour battant, à sa manière habituelle, il tire de sa poche une lettre à peu près semblable à la lettre en question, l'ouvre, fait semblant de la lire, et la place juste à côté de l'autre. Il se remet à causer, pendant un quart d'heure environ, des affaires publiques. À la longue, il prend congé, et met la main sur la lettre à laquelle il n'a aucun droit. La personne volée le vit, mais, naturellement, n'osa pas attirer l'attention sur ce fait, en présence du troisième personnage qui était à son côté. Le ministre décampa, laissant sur la table sa propre lettre, une lettre sans importance.

– Ainsi, dit Dupin en se tournant à moitié vers moi, voilà précisément le cas demandé pour rendre l'ascendant complet : le voleur sait que la personne volée connaît son voleur.

'Yes,' replied the Prefect; 'and the power thus attained has, for some months past, been wielded, for political purposes, to a very dangerous extent. The personage robbed is more thoroughly convinced, every day, of the necessity of reclaiming her letter. But this, of course, cannot be done openly. In fine, driven to despair, she has committed the matter to me.'

'Than whom,' said Dupin, amid a perfect whirlwind of smoke, 'no more sagacious agent could, I suppose, be desired, or even imagined.'

'You flatter me,' replied the Prefect; 'but it is possible that some such opinion may have been entertained.'

'It is clear,' said I, 'as you observe, that the letter is still in possession of the minister; since it is this possession, and not any employment of the letter, which bestows the power. With the employment the power departs.'

'True,' said G...; 'and upon this conviction I proceeded. My first care was to make thorough search of the minister's hotel; and here my chief embarrassment lay in the necessity of searching without his knowledge. Beyond all things, I have been warned of the danger which would result from giving him reason to suspect our design.'

'But,' said I, 'you are quite *au fait* in these investigations. The Parisian police have done this thing often before.'

'Oh yes; and for this reason I did not despair. The habits of the minister gave me, too, a great advantage. He is frequently absent from home all night.

– Oui, répliqua le préfet, et depuis quelques mois il a été largement usé, dans un but politique, de l'empire conquis par ce stratagème, et jusqu'à un point fort dangereux. La personne volée est de jour en jour plus convaincue de la nécessité de retirer sa lettre. Mais, naturellement, cela ne peut pas se faire ouvertement. Enfin, poussée au désespoir, elle m'a chargé de la commission.

– Il n'était pas possible, je suppose, dit Dupin dans une auréole de fumée, de choisir ou même d'imaginer un agent plus sagace.

– Vous me flattez, répliqua le préfet; mais il est bien possible qu'on ait conçu de moi quelque opinion de ce genre.

– Il est clair, dis-je, comme vous l'avez remarqué, que la lettre est toujours entre les mains du ministre; puisque c'est le fait de la possession et non l'usage de la lettre qui crée l'ascendant. Avec l'usage, l'ascendant s'évanouit.

– C'est vrai, dit G..., et c'est d'après cette conviction que j'ai marché. Mon premier soin a été de faire une recherche minutieuse à l'hôtel du ministre; et là mon principal embarras fut de chercher à son insu. Par-dessus tout, j'étais en garde contre le danger qu'il y aurait eu à lui donner un motif de soupçonner notre dessein.

– Mais, dis-je, vous êtes tout à fait à votre affaire dans ces espèces d'investigations. La police parisienne a pratiqué la chose plus d'une fois.

– Oh! sans doute; – et c'est pourquoi j'avais bonne espérance. Les habitudes du ministre me donnaient d'ailleurs un grand avantage. Il est souvent absent de chez lui toute la nuit.

His servants are by no means numerous. They sleep at a distance from their master's apartment, and, being chiefly Neapolitans, are readily made drunk. I have keys, as you know, with which I can open any chamber or cabinet in Paris. For three months a night has not passed, during the greater part of which I have not been engaged, personally, in ransacking the D... hotel. My honour is interested, and, to mention a great secret, the reward is enormous. So I did not abandon the search until I had become fully satisfied that the thief is a more astute man than myself. I fancy that I have investigated every nook and corner of the premises in which it is possible that the paper can be concealed.'

'But is it not possible,' I suggested, 'that although the letter may be in possession of the minister, as it unquestionably is, he may have concealed it elsewhere than upon his own premises?'

'This is barely possible,' said Dupin. 'The present peculiar condition of affairs at court, and especially of those intrigues in which D... is known to be involved, would render the instant availability of the document – its susceptibility of being produced at a moment's notice – a point of nearly equal importance with its possession.'

'Its susceptibility of being produced?' said I.

'That is to say, of being *destroyed*,' said Dupin.

'True,' I observed; 'the paper is clearly then upon the premises. As for its being upon

Ses domestiques ne sont pas nombreux. Ils couchent à une certaine distance de l'appartement de leur maître, et comme ils sont napolitains avant tout, ils mettent de la bonne volonté à se laisser enivrer. J'ai, comme vous savez, des clefs avec lesquelles je puis ouvrir toutes les chambres et tous les cabinets de Paris. Pendant trois mois il ne s'est pas passé une nuit, dont je n'aie employé la plus grande partie à fouiller, en personne, l'hôtel D... Mon honneur y est intéressé, et, pour vous confier un grand secret, la récompense est énorme. Aussi je n'ai abandonné les recherches que lorsque j'ai été pleinement convaincu que le voleur était encore plus fin que moi. Je crois que j'ai scruté tous les coins et recoins de la maison dans lesquels il était possible de cacher un papier.

– Mais ne serait-il pas possible, insinuai-je, que, bien que la lettre soit au pouvoir du ministre, – elle y est indubitablement, – il l'eût cachée ailleurs que dans sa propre maison ?

– Cela n'est guère possible, dit Dupin. La situation particulière, actuelle, des affaires à la cour, spécialement la nature de l'intrigue dans laquelle D... a pénétré, comme on sait, font de l'efficacité immédiate du document, – de la possibilité de le produire à la minute, – un point d'une importance presque égale à sa possession.

– La possibilité de le produire ? dis-je.

– Ou, si vous aimez mieux, de l'annihiler, dit Dupin.

– C'est vrai, remarquai-je. Le papier est donc évidemment dans l'hôtel. Quant au cas où il serait sur

the person of the minister, we may consider that as out of the question.'

'Entirely,' said the Prefect. 'He has been twice waylaid, as if by footpads, and his person rigorously searched under my own inspection.'

'You might have spared yourself this trouble,' said Dupin. 'D..., I presume, is not altogether a fool, and, if not, must have anticipated these waylayings, as a matter of course.'

'Not *altogether* a fool,' said G..., 'but then he's a poet, which I take to be only one remove from a fool.'

'True,' said Dupin, after a long and thoughtful whiff from his meerschaum, 'although I have been guilty of certain doggerel myself.'

'Suppose you detail,' said I, 'the particulars of your search.'

'Why, the fact is, we took our time, and we searched *everywhere*. I have had long experience in these affairs. I took the entire building, room by room; devoting the nights of a whole week to each. We examined, first, the furniture of each apartment. We opened every possible drawer; and I presume you know that, to a properly trained police agent, such a thing as a *secret* drawer is impossible. Any man is a dolt who permits a "*secret*" drawer to escape him in a search of this kind. The thing is *so* plain. There is a certain amount of bulk – of space – to be accounted for in every cabinet.

la personne même du ministre, nous le considérons comme tout à fait hors de la question.

– Absolument, dit le préfet. Je l'ai fait arrêter deux fois par de faux voleurs, et sa personne a été scrupuleusement fouillée sous mes propres yeux.

– Vous auriez pu vous épargner cette peine, dit Dupin. D... n'est pas absolument fou, je présume, et dès lors il a dû prévoir ces guet-apens comme choses naturelles.

– Pas *absolument fou*, – c'est vrai, dit G..., toutefois, c'est un poète, ce qui, je crois, n'en est pas fort éloigné.

– C'est vrai, dit Dupin, après avoir longuement et pensivement poussé la fumée de sa pipe d'écume, bien que je me sois rendu moi-même coupable de certaine rapsodie.

– Voyons, dis-je, racontez-nous les détails précis de votre recherche.

– Le fait est que nous avons pris notre temps, et que nous avons cherché *partout*. J'ai une vieille expérience de ces sortes d'affaires. Nous avons entrepris la maison tout entière, chambre par chambre; nous avons consacré à chacune les nuits de toute une semaine. Nous avons d'abord examiné les meubles de chaque appartement. Nous avons ouvert tous les tiroirs possibles; et je présume que vous n'ignorez pas que, pour un agent de police bien dressé, un tiroir *secret* est une chose qui n'existe pas. Tout homme qui, dans une perquisition de cette nature, permet à un tiroir secret de lui échapper, est une brute. La besogne est si facile! Il y a dans chaque pièce une certaine quantité de volumes et de surfaces dont on peut se rendre compte.

Then we have accurate rules. The fiftieth part of a line could not escape us. After the cabinets we took the chairs. The cushions we probed with the fine long needles you have seen me employ. From the tables we removed the tops.'

'Why so?'

'Sometimes the top of a table, or other similarly arranged piece of furniture, is removed by the person wishing to conceal an article; then the leg is excavated, the article deposited within the cavity, and the top replaced. The bottoms and tops of bedposts are employed in the same way.'

'But could not the cavity be detected by sounding?' I asked.

'By no means, if, when the article is deposited, a sufficient wadding of cotton be placed around it. Besides, in our case, we were obliged to proceed without noise.'

'But you could not have removed – you could not have taken to pieces *all* articles of furniture in which it would have been possible to make a deposit in the manner you mention. A letter may be compressed into a thin spiral roll, not differing much in shape or bulk from a large knitting-needle, and in this form it might be inserted into the rung of a chair, for example. You did not take to pieces all the chairs?'

'Certainly not; but we did better – we examined the rungs of every chair in the hotel, and, indeed, the jointings of every description of furniture, by

Nous avons pour cela des règles exactes. La cinquantième partie d'une ligne ne peut pas nous échapper.

« Après les chambres, nous avons pris les sièges. Les coussins ont été sondés avec ces longues et fines aiguilles que vous m'avez vu employer. Nous avons enlevé les dessus des tables.

– Et pourquoi ?

– Quelquefois le dessus d'une table ou de toute autre pièce d'ameublement analogue est enlevé par une personne qui désire cacher quelque chose ; elle creuse le pied de la table ; l'objet est déposé dans la cavité, et le dessus replacé. On se sert de la même manière des montants d'un lit.

– Mais ne pourrait-on pas deviner la cavité par l'auscultation ? demandais-je.

– Pas le moins du monde, si, en déposant l'objet, on a eu soin de l'entourer d'une bourre de coton suffisante. D'ailleurs, dans notre cas, nous étions obligés de procéder sans bruit.

– Mais vous n'avez pas pu défaire, – vous n'avez pas pu démonter toutes les pièces d'ameublement dans lesquelles on aurait pu cacher un dépôt de la façon dont vous parlez. Une lettre peut être roulée en une spirale très mince, ressemblant beaucoup par sa forme et son volume à une grosse aiguille à tricoter, et être ainsi insérée dans un bâton de chaise, par exemple. Avez-vous démonté toutes les chaises ?

– Non certainement, mais nous avons fait mieux, nous avons examiné les bâtons de toutes les chaises de l'hôtel, et même les jointures de toutes les pièces de l'ameublement, à

the aid of a most powerful microscope. Had there been any traces of recent disturbance we should not have failed to detect it instantly. A single grain of gimlet-dust, for example, would have been as obvious as an apple. Any disorder in the glueing – any unusual gaping in the joints – would have sufficed to insure detection.'

'I presume you looked to the mirrors, between the boards and the plates, and you probed the beds and the bed-clothes, as well as the curtains and carpets.'

'That of course; and when we had absolutely completed every particle of the furniture in this way, then we examined the house itself. We divided its entire surface into compartments, which we numbered, so that none might be missed; then we scrutinized each individual square inch throughout the premises, including the two houses immediately adjoining, with the microscope, as before.'

'The two houses adjoining!' I exclaimed; 'you must have had a great deal of trouble.'

'We had; but the reward offered is prodigious.'

'You include the *grounds* about the houses?'

'All the grounds are paved with brick. They gave us comparatively little trouble. We examined the moss between the bricks, and found it undisturbed.'

'You looked among D…'s papers, of course, and into the books of the library?'

l'aide d'un puissant microscope. S'il y avait eu la moindre trace d'un désordre récent, nous l'aurions infailliblement découvert à l'instant. Un seul grain de poussière causée par la vrille, par exemple, nous aurait sauté aux yeux comme une pomme. La moindre altération dans la colle, – un simple bâillement dans les jointures aurait suffi pour nous révéler la cachette.

– Je présume que vous avez examiné les glaces entre la glace et le planchéiage, et que vous avez fouillé les lits et les courtines des lits, aussi bien que les rideaux et les tapis.

– Naturellement; et quand nous eûmes absolument passé en revue tous les articles de ce genre, nous avons examiné la maison elle-même. Nous avons divisé la totalité de sa surface en compartiments, que nous avons numérotés, pour être sûrs de n'en omettre aucun; nous avons fait de chaque pouce carré l'objet d'un nouvel examen au microscope, et nous y avons compris les deux maisons adjacentes.

– Les deux maisons adjacentes! m'écriai-je; vous avez dû vous donner bien du mal.

– Oui, ma foi! Mais la récompense offerte est énorme.

– Dans les maisons, comprenez-vous le sol?

– Le sol est partout pavé en briques. Comparativement, cela ne nous a pas donné grand mal. Nous avons examiné la mousse entre les briques, elle était intacte.

– Vous avez sans doute visité les papiers de D…, et les livres de la bibliothèque?

'Certainly; we opened every package and parcel; we not only opened every book, but we turned over every leaf in each volume, not contenting ourselves with a mere shake, according to the fashion of some of our police officers. We also measured the thickness of every book-*cover*, with the most accurate admeasurement, and applied to each the most jealous scrutiny of the microscope. Had any of the bindings been recently meddled with, it would have been utterly impossible that the fact should have escaped observation. Some five or six volumes, just from the hands of the binder, we carefully probed, longitudinally, with the needles.'

'You explored the floors beneath the carpets?'

'Beyond doubt. We removed every carpet, and examined the boards with the microscope.'

'And the paper on the walls?'

'Yes.'

'You looked into the cellars?'

'We did.'

'Then,' I said, 'you have been making a miscalculation, and the letter is *not* upon the premises, as you suppose.'

'I fear you are right there,' said the Prefect. 'And now, Dupin, what would you advise me to do?'

'To make a thorough re-search of the premises.'

'That is absolutely needless,' replied G... 'I am not more sure that I breathe than I am that the letter is not at the hotel.'

'I have no better advice to give you,' said Dupin. 'You have, of course, an accurate description of the letter?'

– Certainement; nous avons ouvert chaque paquet et chaque article; nous n'avons pas seulement ouvert les livres, mais nous les avons parcourus feuillet par feuillet, ne nous contentant pas de les secouer simplement comme font plusieurs de nos officiers de police. Nous avons aussi mesuré l'épaisseur de chaque reliure avec la plus exacte minutie, et nous avons appliqué à chacune la curiosité jalouse du microscope. Si l'on avait récemment inséré quelque chose dans une des reliures, il eût été absolument impossible que le fait échappât à notre observation. Cinq ou six volumes qui sortaient des mains du relieur ont été soigneusement sondés longitudinalement avec les aiguilles.

– Vous avez exploré les parquets, sous les tapis.

– Sans doute. Nous avons enlevé chaque tapis, et nous avons examiné les planches au microscope.

– Et les papiers des murs?

– Aussi.

– Vous avez visité les caves?

– Nous avons visité les caves.

– Ainsi, dis-je, vous avez fait fausse route, et la lettre n'est pas dans l'hôtel, comme vous le supposiez.

– Je crains que vous n'ayez raison, dit le préfet. Et vous maintenant, Dupin, que me conseillez-vous de faire?

– Faire une perquisition complète.

– C'est absolument inutile! répliqua G... Aussi sûr que je vis, la lettre n'est pas dans l'hôtel!

– Je n'ai pas de meilleur conseil à vous donner, dit Dupin. Vous avez, sans doute, un signalement exact de la lettre?

'Oh yes!' – And here the Prefect, producing a memorandum book, proceeded to read aloud a minute account of the internal, and especially of the external appearance of the missing document. Soon after finishing the perusal of this description, he took his departure, more entirely depressed in spirits than I had ever known the good gentleman before.

In about a month afterwards he paid us another visit, and found us occupied very nearly as before. He took a pipe and a chair and entered into some ordinary conversation. At length I said, –

'Well, but G..., what of the purloined letter? I presume you have at last made up your mind that there is no such thing as overreaching the minister?'

'Confound him, say I – yes; I made the re-examination, however, as Dupin suggested – but it was all labour lost, as I knew it would be.'

'How much was the reward offered, did you say?' asked Dupin.

'Why, a very great deal – a *very* liberal reward – I don't like to say how much, precisely; but one thing I *will* say, that I wouldn't mind giving my individual cheque for fifty thousand francs to any one who could obtain me that letter. The fact is, it is becoming of more and more importance every day; and the reward has been lately doubled. If it were trebled, however, I could do no more than I have done.'

– Oh ! oui ! – Et ici, le préfet, tirant un agenda, se mit à nous lire à haute voix une description minutieuse du document perdu, de son aspect intérieur, et spécialement de l'extérieur. Peu de temps après avoir fini la lecture de cette description, cet excellent homme prit congé de nous, plus accablé, et l'esprit plus complètement découragé que je ne l'avais vu jusqu'alors.

Environ un mois après, il nous fit une seconde visite, et nous trouva occupés à peu près de la même façon. Il prit une pipe et un siège, et causa de choses et d'autres. À la longue, je lui dis :

– Eh bien ! mais, G..., et votre lettre volée ? Je présume qu'à la fin vous vous êtes résigné à comprendre que ce n'est pas une petite besogne que d'enfoncer le ministre ?

– Que le diable l'emporte ! – J'ai pourtant recommencé cette perquisition, comme Dupin me l'a conseillé ; mais, comme je m'en doutais, ç'a été peine perdue.

– De combien est la récompense offerte ? vous nous avez dit..., demanda Dupin.

– Mais... elle est très forte... une récompense vraiment magnifique, – je ne veux pas vous dire au juste combien ; mais une chose que je vous dirai, c'est que je m'engagerais bien à payer de ma bourse cinquante mille francs à celui qui pourrait me trouver cette lettre. Le fait est que la chose devient de jour en jour plus urgente ; et la récompense a été doublée tout récemment. Mais, en vérité, on la triplerait, que je ne pourrais faire mon devoir mieux que je l'ai fait.

'Why, yes,' said Dupin, drawlingly, between the whiffs of his meerschaum, 'I really – think, G..., you have not exerted yourself – to the utmost in this matter. You might – do a little more, I think, eh?'

'How? – in what way?'

'Why – puff, puff – you might – puff, puff – employ counsel in the matter, eh? – puff, puff, puff. Do you remember the story they tell of Abernethy?'

'No; hang Abernethy!'

'To be sure! hang him and welcome. But, once upon a time, a certain rich miser conceived the design of spunging upon this Abernethy for a medical opinion. Getting up, for this purpose, an ordinary conversation in a private company, he insinuated his case to the physician as that of an imaginary individual.

'"We will suppose," said the miser, "that his symptoms are such and such; now, doctor, what would *you* have directed him to take?"

'"Take!" said Abernethy, "why, take *advice*, to be sure."'

'But,' said the Prefect, a little discomposed, 'I am *perfectly* willing to take advice, and to pay for it. I would *really* give fifty thousand francs to any one who would aid me in the matter.'

'In that case,' replied Dupin, opening a drawer, and producing a cheque-book, 'you may as well

– Mais... oui... dit Dupin en traînant ses paroles au milieu des bouffées de sa pipe, je crois... réellement, G..., que vous n'avez pas fait... tout votre possible... vous n'êtes pas allé au fond de la question. Vous pourriez faire... un peu plus, je pense du moins, hein?

– Comment? – dans quel sens?

– Mais... (une bouffée de fumée) vous pourriez... (bouffée sur bouffée) – prendre conseil en cette matière, hein? – (Trois bouffées de fumée.) – Vous rappelez-vous l'histoire qu'on raconte d'Abernethy[1]?

– Non! au diable votre Abernethy!

– Assurément! au diable, si cela vous amuse! – Or donc, une fois, un certain riche, fort avare, conçut le dessein de soutirer à Abernethy une consultation médicale. Dans ce but, il entama avec lui, au milieu d'une société, une conversation ordinaire, à travers laquelle il insinua au médecin son propre cas, comme celui d'un individu imaginaire.

– Nous supposerons, dit l'avare, que les symptômes sont tels et tels; maintenant, docteur, que lui conseilleriez-vous de prendre?

– Que prendre? dit Abernethy, mais prendre conseil, à coup sûr.

– Mais, dit le préfet, un peu décontenancé, je suis tout disposé à prendre conseil, et à payer pour cela. Je donnerais *vraiment* cinquante mille francs à quiconque me tirerait d'affaire.

– Dans ce cas, répliqua Dupin, ouvrant un tiroir et en tirant un livre de mandats, vous pouvez aussi

1. Médecin anglais très célèbre et très excentrique. [C.B.]

fill me up a cheque for the amount mentioned. When you have signed it, I will hand you the letter.'

I was astounded. The Prefect appeared absolutely thunderstricken. For some minutes he remained speechless and motionless, looking incredulously at my friend with open mouth, and eyes that seemed starting from their sockets; then, apparently recovering himself in some measure, he seized a pen, and after several pauses and vacant stares, finally filled up and signed a cheque for fifty thousand francs, and handed it across the table to Dupin. The latter examined it carefully and deposited it in his pocket-book; then, unlocking an *escritoire*, took thence a letter and gave it to the Prefect. This functionary grasped it in a perfect agony of joy, opened it with a trembling hand, cast a rapid glance at its contents, and then, scrambling and struggling to the door, rushed at length unceremoniously from the room and from the house, without having uttered a syllable since Dupin had request him to fill up the cheque.

When he had gone, my friend entered into some explanations.

'The Parisian police,' he said, 'are exceedingly able in their way. They are persevering, ingenious, cunning, and thoroughly versed in the knowledge which their duties seem chiefly to demand. Thus, when G... detailed to us his mode of searching the premises at the Hôtel D..., I felt entire confidence in his having made a satisfactory investigation – so far as his labours extended.'

'So far as his labours extended?' said I.

bien me faire un bon pour la somme susdite. Quand vous l'aurez signé, je vous remettrai votre lettre.

Je fus stupéfié. Quant au préfet, il semblait absolument foudroyé. Pendant quelques minutes, il resta muet et immobile, regardant mon ami, la bouche béante, avec un air incrédule et des yeux qui semblaient lui sortir de la tête ; enfin, il parut revenir un peu à lui, il saisit une plume, et après quelques hésitations, le regard ébahi et vide, il remplit et signa un bon de cinquante mille francs, et le tendit à Dupin par-dessus la table. Ce dernier l'examina soigneusement, et le serra dans son portefeuille ; puis ouvrant un pupitre, il en tira une lettre et la donna au préfet. Notre fonctionnaire l'agrippa dans une parfaite agonie de joie, l'ouvrit d'une main tremblante, jeta un coup d'œil sur son contenu, puis attrapant précipitamment la porte, se rua sans plus de cérémonie hors de la chambre et de la maison, sans avoir prononcé une syllabe depuis le moment où Dupin l'avait prié de remplir le mandat.

Quand il fut parti, mon ami entra dans quelques explications.

– La police parisienne, dit-il, est excessivement habile dans son métier. Ses agents sont persévérants, ingénieux, rusés, et possèdent à fond toutes les connaissances que requièrent spécialement leurs fonctions. Aussi, quand G... nous détaillait son mode de perquisition dans l'hôtel D..., j'avais une entière confiance dans ses talents, et j'étais sûr qu'il avait fait une investigation pleinement suffisante, dans le cercle de sa spécialité.

– Dans le cercle de sa spécialité ? dis-je.

'Yes,' said Dupin. 'The measures adopted were not only the best of their kind, but carried out to absolute perfection. Had the letter been deposited within the range of their search, these fellows would, beyond a question, have found it.'

I merely laughed – but he seemed quite serious in all that he said.

'The measures, then,' he continued, 'were good in their kind, and well executed; their defect lay in their being inapplicable to the case, and to the man. A certain set of highly ingenious resources are, with the Prefect, a sort of Procrustean bed, to which he forcibly adapts his designs. But he perpetually errs by being too deep or too shallow for the matter in hand; and many a schoolboy is a better reasoner than he. I knew one about eight years of age whose success at guessing in the game of "even and odd" attracted universal admiration. This game is simple, and is played with marbles. One player holds in his hand a number of these toys, and demands of another whether that number is even or odd. If the guess is right, the guesser wins one; if wrong, he loses one. The boy to whom I allude won all the marbles of the school. Of course he had some principle of guessing; and this lay in mere observation and admeasurement of the astuteness of his opponents. For example, an arrant simpleton is his opponent, and, holding up his closed hand, asks,

– Oui, dit Dupin; les mesures adoptées n'étaient pas seulement les meilleures dans l'espèce, elles furent aussi poussées à une absolue perfection. Si la lettre avait été cachée dans le rayon de leur investigation, ces gaillards l'auraient trouvée, cela ne fait pas pour moi l'ombre d'un doute.

Je me contentai de rire; – mais Dupin semblait avoir dit cela fort sérieusement.

– Donc, les mesures, continua-t-il, étaient bonnes dans l'espèce et admirablement exécutées; elles avaient pour défaut d'être inapplicables au cas et à l'homme en question. Il y a tout un ordre de moyens singulièrement ingénieux qui sont pour le préfet une sorte de lit de Procuste, sur lequel il adapte et garrotte tous ses plans. Mais il erre sans cesse par trop de profondeur ou par trop de superficialité pour le cas en question, et plus d'un écolier raisonnerait mieux que lui.

« J'ai connu un enfant de huit ans, dont l'infaillibilité au jeu de pair ou impair faisait l'admiration universelle. Ce jeu est simple, on y joue avec des billes. L'un des joueurs tient dans sa main un certain nombre de ses billes, et demande à l'autre : Pair ou non? Si celui-ci devine juste, il gagne une bille; s'il se trompe, il en perd une. L'enfant dont je parle gagnait toutes les billes de l'école. Naturellement, il avait un mode de divination, lequel consistait dans la simple observation et dans l'appréciation de la finesse de ses adversaires. Supposons que son adversaire soit un parfait nigaud, et levant sa main fermée, lui demande :

"Are they even or odd?" Our schoolboy replies, "odd", and loses; but upon the second trial he wins, for he then says to himself, "the simpleton had them even upon the first trial, and his amount of cunning is just sufficient to make him have them odd upon the second; I will therefore guess odd"; – he guesses odd, and wins. Now, with a simpleton a degree above the first, he would have reasoned thus: "This fellow finds that in the first instance I guessed odd, and, in the second, he will propose to himself upon the first impulse, a simple variation from even to odd, as did the first simpleton; but then a second thought will suggest that this is too simple a variation, and finally he will decide upon putting it even as before. I will therefore guess even"; – he guesses even, and wins. Now this mode of reasoning in the schoolboy, whom his fellows termed "lucky", – what, in its last analysis, is it?'

'It is merely,' I said, 'an identification of the reasoner's intellect with that of his opponent.'

'It is,' said Dupin; 'and, upon inquiring of the boy by what means he effected the *thorough* identification in which his success consisted, I received answer as follows: "When I wish to find out how wise, or how stupid, or how good, or how wicked is any one, or what are his thoughts at the moment, I fashion the expression of my face, as accurately as possible, in accordance with the expression of his, and then wait to see what thoughts or sentiments

pair ou impair ? Notre écolier répond : impair, – et il a perdu. Mais à la seconde épreuve, il gagne, car il se dit en lui-même : le niais avait mis pair la première fois, et toute sa ruse ne va qu'à lui faire mettre impair à la seconde ; je dirai donc : impair ; – il dit impair, et il gagne.

« Maintenant, avec un adversaire un peu moins simple, il aurait raisonné ainsi : ce garçon voit que, dans le premier cas, j'ai dit impair, et, dans le second, il se proposera, – c'est la première idée qui se présentera à lui, – une simple variation de pair à impair comme a fait le premier bêta ; mais une seconde réflexion lui dira que c'est là un changement trop simple, et finalement il se décidera à mettre pair comme la première fois. – Je dirai donc pair. – Il dit pair, et gagne. Maintenant ce mode de raisonnement de notre écolier, que ses camarades appellent la chance, – en dernière analyse, qu'est-ce que c'est ?

– C'est simplement, dis-je, une identification de l'intellect de notre raisonneur avec celui de son adversaire.

– C'est cela même, dit Dupin ; et quand je demandai à ce petit garçon par quel moyen il effectuait cette parfaite identification qui faisait tout son succès, il me fit la réponse suivante :

« – Quand je veux savoir jusqu'à quel point quelqu'un est circonspect ou stupide, jusqu'à quel point il est bon ou méchant, ou quelles sont actuellement ses pensées, je compose mon visage d'après le sien, aussi exactement que possible, et j'attends alors pour savoir quelles pensées ou quels sentiments

arise in my mind or heart, as if to match or correspond with the expression." This response of the schoolboy lies at the bottom of all the spurious profundity which has been attributed to Rochefoucauld, to La Bougive, to Machiavelli, and to Campanella.'

'And the identification,' I said, 'of the reasoner's intellect with that of his opponent, depends, if I understand you aright, upon the accuracy with which the opponent's intellect is admeasured.'

'For its practical value it depends upon this,' replied Dupin; 'and the Prefect and his cohort fail so frequently, first, by default of this identification, and, secondly, by ill-admeasurement, or rather through non-admeasurement, of the intellect with which they are engaged. They consider only their *own* ideas of ingenuity; and, in searching for anything hidden, advert only to the modes in which *they* would have hidden it. They are right in this much – that their own ingenuity is a faithful representative of that of *the mass*; but when the cunning of the individual felon is diverse in character from their own, the felon foils them, of course. This always happens when it is above their own, and very usually when it is below. They have no variation of principle in their investigations; at best, when urged by some unusual emergency – by some extraordinary reward

naîtront dans mon esprit ou dans mon cœur, comme pour s'appareiller et correspondre avec ma physionomie.

« Cette réponse de l'écolier enfonce de beaucoup toute la profondeur sophistique attribuée à La Rochefoucauld, à La Bruyère, à Machiavel et à Campanella.

– Et l'identification de l'intellect du raisonneur avec celui de son adversaire dépend, si je vous comprends bien, de l'exactitude avec laquelle l'intellect de l'adversaire est apprécié.

– Pour la valeur pratique, c'est en effet la condition, répliqua Dupin, et si le préfet et toute sa bande se sont trompés si souvent, c'est, d'abord, faute de cette identification, en second lieu, par une appréciation inexacte, ou plutôt par la non-appréciation de l'intelligence avec laquelle ils se mesurent. Ils ne voient que leurs propres idées ingénieuses; et, quand ils cherchent quelque chose de caché, ils ne pensent qu'aux moyens dont ils se seraient servis pour le cacher. Ils ont fortement raison en cela que leur propre ingéniosité est une représentation fidèle de celle de la foule; mais quand il se trouve un malfaiteur particulier dont la finesse diffère, en espèce, de la leur, ce malfaiteur, naturellement, les *roule*.

« Cela ne manque jamais quand son astuce est au-dessus de la leur, et cela arrive très fréquemment même quand elle est au-dessous. Ils ne varient pas leur système d'investigation; tout au plus, quand ils sont incités par quelque cas insolite, – par quelque récompense extraordinaire,

– they extend or exaggerate their old modes of *practice*, without touching their principles. What, for example, in this case of D..., has been done to vary the principle of action? What is all this boring, and probing, and sounding, and scrutinizing with the microscope, and dividing the surface of the building into registered square inches – what is it all but an exaggeration *of the application* of the one principle or set of principles of search, which are based upon the one set of notions regarding human ingenuity, to which the Prefect, in the long routine of his duty, has been accustomed? Do you not see he has taken it for granted that *all* men proceed to conceal a letter, – not exactly in a gimlet-hole bored in a chair-leg – but, at least, in *some* out-of-the-way hole or corner suggested by the same tenor of thought which would urge a man to secrete a letter in a gimlet-hole bored in a chair-leg? And do you not see also, that such *recherchés* nooks for concealment are adapted only for ordinary occasions, and would be adopted only by ordinary intellects; for, in all cases of concealment, a disposal of the article concealed – a disposal of it in this *recherché* manner, – is, in the very first instance, presumable and presumed; and thus its discovery depends, not at all upon the acumen, but altogether upon the mere care, patience, and determination of the seekers; and where the case is of importance – or, what amounts to the same thing in the policial eyes,

– ils exagèrent et poussent à outrance leurs vieilles routines ; mais ils ne changent rien à leurs principes.

« Dans le cas de D..., par exemple, qu'a-t-on fait pour changer le système d'opération ? Qu'est-ce que c'est que toutes ces perforations, ces fouilles, ces sondes, cet examen au microscope, cette division des surfaces en pouces carrés numérotés, – qu'est-ce que tout cela, si ce n'est l'exagération, dans son application, d'un des principes ou de plusieurs principes d'investigation, qui sont basés sur un ordre d'idées relatif à l'ingéniosité humaine, et dont le préfet a pris l'habitude dans la longue routine de ses fonctions ?

« Ne voyez-vous pas qu'il considère comme chose démontrée que *tous* les hommes qui veulent cacher une lettre se servent, – si ce n'est précisément d'un trou fait à la vrille dans le pied d'une chaise, – au moins de quelque trou, de quelque coin tout à fait singulier dont ils ont puisé l'invention dans le même registre d'idées que le trou fait avec une vrille ?

« Et ne voyez-vous pas aussi que des cachettes aussi *originales* ne sont employées que dans des occasions ordinaires, et ne sont adoptées que par des intelligences ordinaires ; car dans tous les cas d'objets cachés, cette manière ambitieuse et torturée de cacher l'objet est, dans le principe, présumable et présumée ; ainsi, la découverte ne dépend nullement de la perspicacité, mais simplement du soin, de la patience et de la résolution des chercheurs. Mais, quand le cas est important, ou, ce qui revient au même aux yeux de la police,

when the reward is of magnitude, – the qualities in question have *never* been known to fail. You will now understand what I mean in suggesting that, had the purloined letter been hidden anywhere within the limits of the Prefect's examination – in other words, had the principle of its concealment been comprehended within the principles of the Prefect – its discovery would have been a matter altogether beyond question. This functionary, however, has been thoroughly mystified; and the remote source of his defeat lies in the supposition that the minister is a fool, because he has acquired renown as a poet. All fools are poets; this the Prefect *feels*; and he is merely guilty of a *non distributio medii* in thence inferring that all poets are fools.'

'But is this really the poet?' I asked. 'There are two brothers, I know; and both have attained reputation in letters. The minister I believe has written learnedly on the Differential Calculus. He is a mathematician, and no poet.'

'You are mistaken; I know him well; he is both. As poet *and* mathematician, he would reason well; as mere mathematician, he could not have reasoned at all, and thus would have been at the mercy of the Prefect.'

'You surprise me,' I said, 'by these opinions, which have been contradicted by the voice of the world. You do not mean to set at naught the well-digested idea of centuries. The mathematical reason has long been regarded as *the* reason *par excellence.*'

quand la récompense est considérable, on voit toutes ces belles qualités échouer infailliblement. Vous comprenez maintenant ce que je voulais dire en affirmant que, si la lettre volée avait été cachée dans le rayon de la perquisition de notre préfet, – en d'autres termes, si le principe inspirateur de la cachette avait été compris dans les principes du préfet, – il l'eût infailliblement découverte. Cependant, ce fonctionnaire a été complètement mystifié ; et la cause première, originelle, de sa défaite, gît dans la supposition que le ministre est un fou, parce qu'il s'est fait une réputation de poète. Tous les fous sont poètes, – c'est la manière de voir du préfet, – et il n'est coupable que d'une fausse distribution du terme moyen, en inférant de là que tous les poètes sont fous.

– Mais est-ce vraiment le poète ? demandai-je. Je sais qu'ils sont deux frères, et ils se sont fait tous deux une réputation dans les lettres. Le ministre, je crois, a écrit un livre fort remarquable sur le calcul différentiel et intégral. Il est le mathématicien, et non pas le poète.

– Vous vous trompez ; je le connais fort bien ; il est poète et mathématicien. Comme poète *et* mathématicien, il a dû raisonner juste ; comme simple mathématicien, il n'aurait pas raisonné du tout, et se serait ainsi mis à la merci du préfet.

– Une pareille opinion, dis-je, est faite pour m'étonner ; elle est démentie par la voix du monde entier. Vous n'avez pas l'intention de mettre à néant l'idée mûrie par plusieurs siècles. La raison mathématique est depuis longtemps regardée comme la raison *par excellence*.

'"*Il y a à parier*,"' replied Dupin, quoting from Chamfort, '"*que toute idée publique, toute convention reçue, est une sottise, car elle a convenu au plus grand nombre.*" The mathematicians, I grant you, have done their best to promulgate the popular error to which you allude, and which is none the less an error for its promulgation as truth. With an art worthy a better cause, for example, they have insinuated the term "analysis" into application to algebra. The French are the originators of this particular deception; but if a term is of any importance – if words derive any value from applicability – then "analysis" conveys "algebra" about as much as, in Latin, "*ambitus*" implies "ambition", "*religio*" "religion", or "*homines honesti*", a set of *honourable* men.'

'You have a quarrel on hand, I see,' said I, 'with some of the algebraists of Paris; but proceed.'

'I dispute the availability, and thus the value, of that reason which is cultivated in any special form other than the abstractly logical. I dispute, in particular, the reason educed by mathematical study. The mathematics are the science of form and quantity; mathematical reasoning is merely logic applied to observation upon form and quantity. The great error lies in supposing that even the truths of what is called *pure* algebra, are abstract or general truths. And this error is so egregious that I am confounded at the universality with

– *Il y a à parier*, répliqua Dupin, en citant Chamfort, *que toute idée publique, toute convention reçue est une sottise, car elle a convenu au plus grand nombre.* Les mathématiciens, – je vous accorde cela, – ont fait de leur mieux pour propager l'erreur populaire dont vous parlez, et qui, bien qu'elle ait été propagée comme vérité, n'en est pas moins une parfaite erreur. Par exemple, ils nous ont, avec un art digne d'une meilleure cause, accoutumés à appliquer le terme *analyse* aux opérations algébriques. Les Français sont les premiers coupables de cette tricherie scientifique; mais, si l'on reconnaît que les termes de la langue ont une réelle importance, – si les mots tirent leur valeur de leur application, – oh! alors, je concède qu'*analyse* traduit *algèbre*, à peu près comme en latin *ambitus* signifie *ambition*; *religio*, religion; ou *homines honesti*, la classe des gens honorables.

– Je vois, dis-je, que vous allez vous faire une querelle avec un bon nombre d'algébristes de Paris; – mais continuez.

– Je conteste la validité, et conséquemment les résultats d'une raison cultivée par tout procédé spécial autre que la logique abstraite. Je conteste particulièrement le raisonnement tiré de l'étude des mathématiques. Les mathématiques sont la science des formes et des quantités; le raisonnement mathématique n'est autre que la simple logique appliquée à la forme et à la quantité. La grande erreur consiste à supposer que les vérités qu'on nomme *purement* algébriques sont des vérités abstraites ou générales. Et cette erreur est si énorme que je suis émerveillé de l'unanimité avec

which it has been received. Mathematical axioms are *not* axioms of general truth. What is true of *relation* – of form and quantity – is often grossly false in regard to morals, for example. In this latter science it is very usually *un*true that the aggregated parts are equal to the whole. In chemistry also the axiom fails. In the consideration of motive it fails; for two motives, each of a given value, have not, necessarily, a value when united, equal to the sum of their values apart. There are numerous other mathematical truths which are only truths within the limits of *relation*. But the mathematician argues, from his *finite truths*, through habit, as if they were of an absolutely general applicability – as the world indeed imagines them to be. Bryant, in his very learned *Mythology*, mentions an analogous source of error, when he says that "although the Pagan fables are not believed, yet we forget ourselves continually, and make inferences from them as existing realities". With the algebraists, however, who are Pagans themselves, the "Pagan fables" *are* believed, and the inferences are made, not so much through lapse of memory, as through an unaccountable addling of the brains. In short, I never yet encountered the mere mathematician who could be trusted out of equal roots,

laquelle elle est accueillie. Les axiomes mathématiques ne sont pas des axiomes d'une vérité générale. Ce qui est vrai d'un rapport de forme ou de quantité est souvent une grossière erreur relativement à la morale, par exemple. Dans cette dernière science il est très communément faux que la somme des fractions soit égale au tout. De même en chimie, l'axiome a tort. Dans l'appréciation d'une force motrice, il a également tort; car deux moteurs, chacun étant d'une puissance donnée, n'ont pas, nécessairement, quand ils sont associés, une puissance égale à la somme de leurs puissances prises séparément. Il y a une foule d'autres vérités mathématiques qui ne sont des vérités que dans des limites de *rapport.* Mais le mathématicien argumente incorrigiblement d'après ses *vérités finies*, comme si elles étaient d'une application générale et absolue, – valeur que d'ailleurs le monde leur attribue. Bryant, dans sa très remarquable *Mythologie*, mentionne une source analogue d'erreurs, quand il dit que, bien que personne ne croie aux fables du paganisme, cependant nous nous oublions nous-mêmes sans cesse au point d'en tirer des déductions, comme si elles étaient des réalités vivantes. Il y a d'ailleurs chez nos algébristes, qui sont eux-mêmes des païens, de certaines fables païennes auxquelles on ajoute foi, et dont on a tiré des conséquences, non pas tant par une absence de mémoire que par un incompréhensible trouble du cerveau. Bref, je n'ai jamais rencontré de pur mathématicien en qui on pût avoir confiance en dehors de ses racines et de ses équations;

or one who did not clandestinely hold it as a point of his faith that $x^2 + px$ was absolutely and unconditionally equal to q. Say to one of these gentlemen, by way of experiment, if you please, that you believe occasions may occur where $x^2 + px$ is *not* altogether equal to q, and, having made him understand what you mean, get out of his reach as speedily as convenient, for, beyond doubt, he will endeavour to knock you down.

'I mean to say,' continued Dupin, while I merely laughed at his last observations, 'that if the minister had been no more than a mathematician, the Prefect would have been under no necessity of giving me this cheque. I knew him, however, as both mathematician and poet, and my measures were adapted to his capacity, with reference to the circumstances by which he was surrounded. I knew him as a courtier, too, and as a bold *intrigant*. Such a man, I considered, could not fail to be aware of the ordinary policial modes of action. He could not have failed to anticipate – and events have proved that he did not fail to anticipate – the waylayings to which he was subjected. He must have foreseen, I reflected, the secret investigations of his premises. His frequent absences from home at night, which were hailed by the Prefect as certain aids to his success, I regarded only as *ruses*, to afford opportunity for thorough search to the police, and thus the sooner to impress them with the conviction to which G..., in fact, did finally arrive – the conviction that the letter was not upon the premises. I felt, also, that the whole train of thought,

je n'en ai pas connu un seul qui ne tînt pas clandestinement pour article de foi que $x^2 + px$ est absolument et inconditionnellement égal à q. Dites à l'un de ces Messieurs, en manière d'expérience, si cela vous amuse, que vous croyez à la possibilité de cas où $x^2 + px$ ne serait pas absolument égal à q, et quand vous lui aurez fait comprendre ce que vous voulez dire, mettez-vous hors de sa portée et le plus lestement possible ; car, sans aucun doute, il essaiera de vous assommer.

« Je veux dire, – continua Dupin, pendant que je me contentais de rire de ses dernières observations, – que si le ministre n'avait été qu'un mathématicien, le préfet n'aurait pas été dans la nécessité de me souscrire ce billet. Je le connaissais pour un mathématicien et un poète, et j'avais pris mes mesures en raison de sa capacité, et en tenant compte des circonstances où il se trouvait placé. Je savais que c'était un homme de cour et un intrigant déterminé. Je réfléchis qu'un pareil homme devait indubitablement être au courant des pratiques de la police. Évidemment, il devait avoir prévu, – et l'événement l'a prouvé, – les guet-apens qui lui ont été préparés. Je me dis qu'il avait prévu les perquisitions secrètes dans son hôtel. Ces fréquentes absences nocturnes que notre bon préfet avait saluées comme des adjuvants positifs de son futur succès, je les regardais simplement comme des ruses, pour faciliter les libres recherches de la police et lui persuader plus facilement que la lettre n'était pas dans l'hôtel. Je sentais aussi que toute la série d'idées relatives

which I was at some pains in detailing to you just now, concerning the invariable principle of policial action in searches for articles concealed – I felt that this whole train of thought would necessarily pass through the mind of the minister. It would imperatively lead him to despise all the ordinary *nooks* of concealment. *He* could not, I reflected, be so weak as not to see that the most intricate and remote recess of his hotel would be as open as his commonest closets to the eyes, to the probes, to the gimlets, and to the microscopes of the Prefect. I saw, in fine, that he would be driven, as a matter of course, to *simplicity*, if not deliberately induced to it as a matter of choice. You will remember, perhaps, how desperately the Prefect laughed when I suggested, upon our first interview, that it was just possible this mystery troubled him so much on account of its being so *very* self-evident.'

'Yes,' said I, 'I remember his merriment well. I really thought he would have fallen into convulsions.'

'The material world', continued Dupin, 'abounds with very strict analogies to the immaterial; and thus some colour of truth has been given to the rhetorical dogma, that metaphor, or simile, may be made to strengthen an argument, as well as to embellish a description. The principle of the *vis inertiæ*, for example, seems to be identical in physics and metaphysics. It is not more true in the former, that a large body is with more difficulty set in motion than a smaller one,

aux principes invariables de l'action policière dans les cas de perquisition, – idées que je vous expliquais tout à l'heure, non sans quelque peine, – je sentais, – dis-je, – que toute cette série d'idées avait dû nécessairement se dérouler dans l'esprit du ministre.

« Cela devait impérativement le conduire à dédaigner toutes les cachettes vulgaires. Cet homme-là ne pouvait pas être assez faible pour ne pas deviner que la cachette la plus compliquée, la plus profonde de son hôtel serait aussi peu secrète qu'une antichambre ou une armoire pour les yeux, les sondes, les vrilles et les microscopes du préfet. Enfin je voyais qu'il avait dû viser nécessairement à la simplicité, s'il n'y avait pas été induit par un goût naturel. Vous vous rappelez sans doute avec quels éclats de rire le préfet accueillit l'idée que j'exprimai dans notre première entrevue, à savoir que si le mystère l'embarrassait si fort, c'était peut-être en raison de son absolue simplicité.

– Oui, dis-je, je me rappelle parfaitement son hilarité. Je croyais vraiment qu'il allait tomber dans des attaques de nerfs.

– Le monde matériel, continua Dupin, est plein d'analogies exactes avec l'immatériel, et c'est ce qui donne une couleur de vérité à ce dogme de rhétorique, qu'une métaphore ou une comparaison peut fortifier un argument aussi bien qu'embellir une description.

« Le principe de la force d'inertie, par exemple, semble identique dans les deux natures, physique et métaphysique ; un gros corps est plus difficilement mis en mouvement qu'un petit,

and that its subsequent *momentum* is commensurate with this difficulty, than it is, in the latter, that intellects of the vaster capacity, while more forcible, more constant, and more eventful in their movements than those of inferior grade, are yet the less readily moved, and more embarrassed and full of hesitation in the first few steps of their progress. Again: have you ever noticed which of the street signs, over the shop doors, are the most attractive of attention?'

'I have never given the matter a thought,' I said.

'There is a game of puzzles,' he resumed, 'which is played upon a map. One party playing requires another to find a given word – the name of town, river, state, or empire – any word, in short, upon the motley and perplexed surface of the chart. A novice in the game generally seeks to embarrass his opponents by giving them the most minutely-lettered names; but the adept selects such words as stretch, in large characters, from one end of the chart to the other. These, like the over-largely lettered signs and placards of the street, escape observation by dint of being excessively obvious; and here the physical oversight is precisely analogous with the moral inapprehension by which the intellect suffers to pass unnoticed those considerations which are too obtrusively and too palpably self-evident. But this is a point, it appears, somewhat above or beneath the understanding of the Prefect. He never once thought it probable, or possible, that the minister had deposited the letter

et sa quantité de mouvement est en proportion de cette difficulté; voilà qui est aussi positif que cette proposition analogue : les intellects d'une vaste capacité, qui sont en même temps plus impétueux, plus constants et plus accidentés dans leur mouvement que ceux d'un degré inférieur, sont ceux qui se meuvent le moins aisément, et qui sont le plus embarrassés d'hésitation quand ils se mettent en marche. Autre exemple : avez-vous jamais remarqué quelles sont les enseignes de boutique qui attirent le plus l'attention?

– Je n'ai jamais songé à cela, dis-je.

– Il existe, reprit Dupin, un jeu de divination, qu'on joue avec une carte géographique. Un des joueurs prie quelqu'un de deviner un mot donné, – un nom de ville, de rivière, d'État ou d'empire, – enfin un mot quelconque compris dans l'étendue bigarrée et embrouillée de la carte. Une personne novice dans le jeu cherche en général à embarrasser ses adversaires en leur donnant à deviner des noms écrits en caractères imperceptibles; mais les adeptes du jeu choisissent des mots en gros caractères, qui s'étendent d'un bout de la carte à l'autre. Ces mots-là, comme les enseignes et les affiches à lettres énormes, échappent à l'observateur par le fait même de leur excessive évidence; et ici, l'oubli matériel est précisément analogue à l'inattention morale d'un esprit qui laisse échapper les considérations trop palpables, évidentes jusqu'à la banalité et l'importunité. Mais c'est là un cas, à ce qu'il semble, un peu au-dessus ou au-dessous de l'intelligence du préfet. Il n'a jamais cru probable ou possible que le ministre eût déposé sa lettre

immediately beneath the nose of the whole world, by way of best preventing any portion of that world from perceiving it.

'But the more I reflected upon the daring, dashing, and discriminating ingenuity of D...; upon the fact that the document must always have been *at hand*, if he intended to use it to good purpose; and upon the decisive evidence, obtained by the Prefect, that it was not hidden within the limits of that dignitary's ordinary search – the more satisfied I became that, to conceal this letter, the minister had resorted to the comprehensive and sagacious expedient of not attempting to conceal it at all.

'Full of these ideas, I prepared myself with a pair of green spectacles, and called one fine morning quite by accident, at the ministerial hotel. I found D... at home, yawning, lounging, and dawdling, as usual, and pretending to be in the last extremity of *ennui*. He is, perhaps, the most really energetic human being now alive – but that is only when nobody sees him.

'To be even with him, I complained of my weak eyes, and lamented the necessity of the spectacles, under cover of which I cautiously and thoroughly surveyed the apartment, while seemingly intent only upon the conversation of my host.

'I paid special attention to a large writing-table near which he sat, and upon which lay confusedly, some miscellaneous letters and papers, with one or two musical instruments and a few books.

juste sous le nez du monde entier, comme pour mieux empêcher un individu quelconque de l'apercevoir.

« Mais plus je réfléchissais à l'audacieux, au distinctif et brillant esprit de D..., – à ce fait qu'il avait dû toujours avoir le document sous la main, pour en faire immédiatement usage, si besoin était, – et à cet autre fait que, d'après la démonstration décisive fournie par le préfet, ce document n'était pas caché dans les limites d'une perquisition ordinaire et en règle, – plus je me sentais convaincu que le ministre pour cacher sa lettre avait eu recours à l'expédient le plus ingénieux du monde, le plus large, qui était de ne pas même essayer de la cacher.

« Pénétré de ces idées, j'ajustai sur mes yeux une paire de lunettes vertes, et je me présentai un beau matin, comme par hasard, à l'hôtel du ministre. Je trouve D... chez lui, bâillant, flânant, musant, et se prétendant accablé d'un suprême ennui. D... est peut-être l'homme le plus réellement énergique qui soit aujourd'hui, mais c'est seulement quand il est sûr de n'être vu de personne.

« Pour n'être pas en reste avec lui, je me plaignis de la faiblesse de mes yeux et de la nécessité de porter des lunettes. Mais derrière ces lunettes j'inspectais soigneusement et minutieusement tout l'appartement, en faisant semblant d'être tout à la conversation de mon hôte.

« Je donnai une attention spéciale à un vaste bureau auprès duquel il était assis, et sur lequel gisaient pêle-mêle des lettres diverses et d'autres papiers, avec un ou deux instruments de musique et quelques livres.

Here, however, after a long and very deliberate scrutiny, I saw nothing to excite particular suspicion.

'At length my eyes, in going the circuit of the room, fell upon a trumpery filigree card-rack of paste-board, that hung dangling by a dirty blue ribbon, from a little brass knob just beneath the middle of the mantel-piece. In this rack, which had three or four compartments, were five or six visiting cards and a solitary letter. This last was much soiled and crumpled. It was torn nearly in two, across the middle – as if a design, in the first instance, to tear it entirely up as worthless, had been altered, or stayed, in the second. It had a large black seal, bearing the D... cipher *very* conspicuously, and was addressed, in a diminutive female hand, to D..., the minister himself. It was thrust carelessly, and even, as it seemed, contemptuously, into one of the upper divisions of the rack.

'No sooner had I glanced at this letter, than I concluded it to be that of which I was in search. To be sure, it was, to all appearance, radically different from the one of which the Prefect had read us so minute a description. Here the seal was large and black, with the D... cipher; there it was small and red, with the ducal arms of the S... family. Here, the address, to the minister, was diminutive and feminine; there the superscription, to a certain royal personage, was markedly bold and decided;

Après un long examen, fait à loisir, je n'y vis rien qui pût exciter particulièrement mes soupçons.

« À la longue, mes yeux, en faisant le tour de la chambre, tombèrent sur un misérable porte-cartes, orné de clinquant, et suspendu par un ruban bleu crasseux à un petit bouton de cuivre au-dessus du manteau de la cheminée. Ce porte-cartes, qui avait trois ou quatre compartiments, contenait cinq ou six cartes de visite et une lettre unique. Cette dernière était fortement salie et chiffonnée. Elle était presque déchirée en deux, par le milieu, comme si on avait eu d'abord l'intention de la déchirer entièrement, ainsi qu'on fait d'un objet sans valeur; mais on avait vraisemblablement changé d'idée. Elle portait un large sceau noir avec le chiffre de D... très en évidence, et était adressée au ministre lui-même. La suscription était d'une écriture de femme très fine. On l'avait jetée négligemment, et même, à ce qu'il semblait, assez dédaigneusement dans l'un des compartiments supérieurs du porte-cartes.

« À peine eus-je jeté un coup d'œil sur cette lettre, que je conclus que c'était celle dont j'étais en quête. Évidemment elle était, par son aspect, absolument différente de celle dont le préfet nous avait lu une description si minutieuse. Ici, le sceau était large et noir, avec le chiffre de D..., dans l'autre, il était petit et rouge, avec les armes ducales de la famille S... Ici la suscription était d'une écriture menue et féminine; dans l'autre, l'adresse, portant le nom d'une personne royale, était d'une écriture hardie, décidée et caractérisée;

the size alone formed a point of correspondence. But, then, the *radicalness* of these differences, which was excessive; the dirt; the soiled and torn condition of the paper, so inconsistent with the *true* methodical habits of D..., and so suggestive of a design to delude the beholder into an area of the worthlessness of the document; these things, together with the hyperobtrusive situation of this document, full in the view of every visitor, and thus exactly in accordance with the conclusions to which I had previously arrived; these things, I say, were strongly corroborative of suspicion, in one who came with the intention to suspect.

'I protracted my visit as long as possible, and, while I maintained a most animated discussion with the minister, on a topic which I knew well had never failed to interest and excite him, I kept my attention really riveted upon the letter. In this examination, I committed to memory its external appearance and arrangement on the rack; and also fell, at length, upon a discovery which set at rest whatever trivial doubt I might have entertained. In scrutinizing the edges of the paper, I observed them to be more *chafed* than seemed necessary. They presented the *broken* appearance which is manifested when a stiff paper, having been once folded and pressed with a folder, is refolded in a reversed direction, in the same creases or edges which had formed the original fold. This discovery was sufficient. It was clear to me that the letter had been turned, as a glove, inside out, re-directed, and resealed.

les deux lettres ne se ressemblaient qu'en un point, la dimension. Mais le caractère excessif de ces différences, fondamentales en somme, la saleté, l'état déplorable du papier, fripé et déchiré, qui contredisaient les véritables habitudes de D..., si méthodiques, et qui dénonçaient l'intention de dérouter un indiscret en lui offrant toutes les apparences d'un document sans valeur, – tout cela, en y ajoutant la situation impudente du document mis en plein sous les yeux de tous les visiteurs et concordant ainsi exactement avec mes conclusions antérieures, – tout cela, dis-je, était fait pour corroborer décidément les soupçons de quelqu'un venu avec le parti pris du soupçon.

« Je prolongeai ma visite aussi longtemps que possible, et, tout en soutenant une discussion très vive avec le ministre sur un point que je savais être pour lui d'un intérêt toujours nouveau, je gardais invariablement mon attention braquée sur la lettre. Tout en faisant cet examen, je réfléchissais sur son aspect extérieur et sur la manière dont elle était arrangée dans le porte-cartes, et à la longue je tombai sur une découverte qui mit à néant le léger doute qui pouvait me rester encore. En analysant les bords du papier, je remarquai qu'ils étaient plus éraillés que *nature*. Ils présentaient l'aspect cassé d'un papier dur, qui, ayant été plié et foulé par le couteau à papier, a été replié dans le sens inverse mais dans les mêmes plis qui constituaient sa forme première. Cette découverte me suffisait. Il était clair pour moi que la lettre avait été retournée comme un gant, repliée et recachetée.

I bade the minister good morning, and took my departure at once, leaving a gold snuff-box upon the table.

'The next morning I called for the snuff-box, when we resumed, quite eagerly, the conversation of the preceding day. While thus engaged, however, a loud report, as if of a pistol, was heard immediately beneath the windows of the hotel, and was succeeded by a series of fearful screams, and the shoutings of a mob. D... rushed to a casement, threw it open, and looked out. In the meantime, I stepped to the card-rack, took the letter, put it in my pocket, and replaced it by a *fac-simile* (so far as regards externals), which I had carefully repared at my lodgings; imitating the D... cipher, very readily, by means of a seal formed of bread.

'The disturbance in the street had been occasioned by the frantic behaviour of a man with a musket. He had fired it among a crowd of women and children. It proved, however, to have been without a ball, and the fellow was suffered to go his way as a lunatic or a drunkard. When he had gone, D... came from the window, whither I had followed him immediately upon securing the object in view. Soon afterwards I bade him farewell. The pretended lunatic was a man in my own pay.'

'But what purpose had you,' I asked, 'in replacing the letter by a *fac-simile*? Would it not have been better, at the first visit, to have seized it openly, and departed?'

Je souhaitai le bonjour au ministre, et je pris soudainement congé de lui, en oubliant une tabatière en or sur son bureau.

« Le matin suivant, je vins pour chercher ma tabatière, et nous reprîmes très vivement la conversation de la veille. Mais, pendant que la discussion s'engageait, une détonation très forte, comme un coup de pistolet, se fit entendre sous les fenêtres de l'hôtel, et fut suivie des cris et des vociférations d'une foule épouvantée. D... se précipita vers une fenêtre, l'ouvrit, et regarda dans la rue. En même temps, j'allai droit au porte-cartes, je pris la lettre, je la mis dans ma poche, et je la remplaçai par une autre, une espèce de *fac-similé* (quant à l'extérieur) que j'avais soigneusement préparé chez moi, – en contrefaisant le chiffre de D... à l'aide d'un sceau de mie de pain.

« Le tumulte de la rue avait été causé par le caprice insensé d'un homme armé d'un fusil. Il avait déchargé son arme au milieu d'une foule de femmes et d'enfants. Mais comme elle n'était pas chargée à balle, on prit ce drôle pour un lunatique ou un ivrogne, et on lui permit de continuer son chemin. Quand il fut parti, D... se retira de la fenêtre, où je l'avais suivi immédiatement après m'être assuré de la précieuse lettre. Peu d'instants après, je lui dis adieu. Le prétendu fou était un homme payé par moi.

– Mais quel était votre but, demandai-je à mon ami, en remplaçant la lettre par une contrefaçon ? N'eût-il pas été plus simple, dès votre première visite, de vous en emparer, sans autres précautions, et de vous en aller ?

'D...,' replied Dupin, 'is a desperate man, and a man of nerve. His hotel, too, is not without attendants devoted to his interests. Had I made the wild attempt you suggest, I might never have left the ministerial presence alive. The good people of Paris might have heard of me no more. But I had an object apart from these considerations. You know my political prepossessions. In this matter, I act as a partisan of the lady concerned. For eighteen months the minister has had her in his power. She has now him in hers; since, being unaware that the letter is not in his possession, he will proceed with his exactions as if it was. Thus will he inevitably commit himself, at once, to his political destruction. His downfall, too, will not be more precipitate than awkward. It is all very well to talk about the *facilis descensus Averni*; but in all kinds of climbing, as Catalani said of singing, it is far more easy to get up than to come down. In the present instance I have no sympathy – at least no pity – for him who descends. He is that *monstrum horrendum*, an unprincipled man of genius. I confess, however, that I should like very well to know the precise character of his thoughts, when, being defied by her whom the Prefect terms "a certain personage", he is reduced to opening the letter which I left for him in the card-rack.'

'How? did you put anything particular in it?'

'Why – it did not seem altogether right to leave the interior blank – that would have been insulting. D..., at Vienna once,

– D..., répliqua Dupin, est capable de tout, et, de plus, c'est un homme solide. D'ailleurs, il a dans son hôtel des serviteurs à sa dévotion. Si j'avais fait l'extravagante tentative dont vous parlez, je ne serais pas sorti vivant de chez lui. Le bon peuple de Paris n'aurait plus entendu parler de moi. Mais, à part ces considérations, j'avais un but particulier. Vous connaissez mes sympathies politiques. Dans cette affaire j'agis comme partisan de la dame en question. Voilà dix-huit mois que le ministre la tient en son pouvoir. C'est elle maintenant qui le tient, puisqu'il ignore que la lettre n'est plus chez lui, et qu'il va vouloir procéder à son chantage habituel. Il va donc infailliblement opérer lui-même et du premier coup sa ruine politique. Sa chute ne sera pas moins précipitée que ridicule. On parle fort lestement du *facilis descensus Averni*; mais, en matière d'escalades, on peut dire ce que la Catalani disait du chant : Il est plus facile de monter que de descendre. Dans le cas présent, je n'ai aucune sympathie, – pas même de pitié pour celui qui va descendre. D..., c'est le vrai *monstrum horrendum*, – un homme de génie sans principes. Je vous avoue, cependant, que je ne serais pas fâché de connaître le caractère exact de ses pensées, quand, mis au défi par celle que le préfet appelle *une certaine personne*, il sera réduit à ouvrir la lettre que j'ai laissée pour lui dans son porte-cartes.

– Comment! est-ce que vous y avez mis quelque chose de particulier?

– Eh mais! il ne m'a pas semblé tout à fait convenable de laisser l'intérieur en blanc, – cela aurait eu l'air d'une insulte. Une fois, à Vienne, D...

did me an evil turn, which I told him, quite good-humouredly, that I should remember. So, as I knew he would feel some curiosity in regard to the identity of the person who had outwitted him, I thought it a pity not to give him a clue. He is well acquainted with my MS, and I just copied into the middle of the blank sheet the words –

> . . . . *Un dessein si funeste,*
> *S'il n'est digne d'Atrée, est digne de Thyeste.*

They are to be found in Crébillon's *Atrée.*

m'a joué un vilain tour, et je lui dis d'un ton tout à fait gai que je m'en souviendrais. Aussi, comme je savais qu'il éprouverait une certaine curiosité relativement à la personne par qui il se trouvait joué, je pensai que ce serait vraiment dommage de ne pas lui laisser un indice quelconque. Il connaît fort bien mon écriture, et j'ai copié tout au beau milieu de la page blanche ces mots :

> . . . . *Un dessein si funeste,*
> *S'il n'est digne d'Atrée, est digne de Thyeste.*

Vous trouverez cela dans l'*Atrée* de Crébillon.

MS Found in a Bottle
Manuscrit trouvé dans une bouteille

MS FOUND IN A BOTTLE

Qui n'a plus qu'un moment à vivre
N'a plus rien à dissimuler.

QUINAULT.
Atys.

Of my country and of my family I have little to say. Ill-usage and length of years have driven me from the one, and estranged me from the other. Hereditary wealth afforded me an education of no common order, and a contemplative turn of mind enabled me to methodize the stores which early study diligently garnered up. Beyond all things, the works of the German moralists gave me great delight; not from my ill-advised admiration of their eloquent madness, but from the ease with which my habits of rigid thoughts enabled me to detect their falsities. I have often been reproached with the aridity of my genius; a deficiency of imagination has been imputed to me as a crime; and the Pyrrhonism of my opinions has at all times rendered me notorious. Indeed,

MANUSCRIT TROUVÉ DANS UNE BOUTEILLE

Qui n'a plus qu'un moment à vivre
N'a plus rien à dissimuler.

QUINAULT.
Atys.

De mon pays et de ma famille je n'ai pas grand-chose à dire. De mauvais procédés et l'accumulation des années m'ont rendu étranger à l'un et à l'autre. Mon patrimoine me fit bénéficier d'une éducation peu commune, et un tour contemplatif d'esprit me rendit apte à classer méthodiquement tout ce matériel d'instruction diligemment amassé par une étude précoce. Par-dessus tout, les ouvrages des philosophes allemands me procuraient de grandes délices; cela ne venait pas d'une admiration malavisée pour leur éloquente folie, mais du plaisir que, grâce à mes habitudes d'analyse rigoureuse, j'avais à surprendre leurs erreurs. On m'a souvent reproché l'aridité de mon génie; un manque d'imagination m'a été imputé comme un crime, et le pyrrhonisme de mes opinions a fait de moi, en tout temps, un homme fameux. En réalité,

a strong relish for physical philosophy has, I fear, tinctured my mind with a very common error of this age – I mean the habit of referring occurrences, even the least susceptible of such reference, to the principles of that science. Upon the whole, no person could be less liable than myself to be led away from the severe precincts of truth by the *ignes fatui* of superstition. I have thought proper to premise this much, lest the incredible tale I have to tell should be considered rather the raving of a crude imagination, than the positive experience of a mind to which the reveries of fancy have been a dead letter and a nullity.

After many years spent in foreign travel, I sailed in the year 18..., from the port of Batavia, in the rich and populous island of Java, on a voyage to the Archipelago Islands. I went as passenger – having no other inducement than a kind of nervous restlessness which haunted me as a fiend.

Our vessel was a beautiful ship of about four hundred tons, copper-fastened, and built at Bombay of Malabar teak. She was freighted with cotton-wool and oil, from the Lachadive Islands. We had also on board coir, jaggeree, ghee, cocoa-nuts, and a few cases of opium. The stowage was clumsily done, and the vessel consequently crank.

We got under way with a mere breath of wind,

une forte appétence pour la philosophie physique a, je le crains, imprégné mon esprit d'un des défauts les plus communs de ce siècle, – je veux dire de l'habitude de rapporter aux principes de cette science les circonstances même les moins susceptibles d'un pareil rapport. Par-dessus tout, personne n'était moins exposé que moi à se laisser entraîner hors de la sévère juridiction de la vérité par les feux follets de la superstition. J'ai jugé à propos de donner ce préambule, dans la crainte que l'incroyable récit que j'ai à faire ne soit considéré plutôt comme la frénésie d'une imagination indigeste que comme l'expérience positive d'un esprit pour lequel les rêveries de l'imagination ont été lettre morte et nullité.

Après plusieurs années dépensées dans un lointain voyage, je m'embarquai, en 18.., à Batavia, dans la riche et populeuse île de Java, pour une promenade dans l'archipel des îles de la Sonde. Je me mis en route comme passager, – n'ayant pas d'autre mobile qu'une nerveuse instabilité qui me *hantait* comme un mauvais esprit.

Notre bâtiment était un bateau d'environ quatre cents tonneaux, doublé en cuivre et construit à Bombay, en teck de Malabar. Il était frété de coton, de laine et d'huile des Laquedives. Nous avions aussi à bord du filin de cocotier, du sucre de palmier, de l'huile de beurre bouilli, des noix de coco, et quelques caisses d'opium. L'arrimage avait été mal fait, et le navire conséquemment donnait de la bande.

Nous mîmes sous voiles avec un souffle de vent,

and for many days stood along the eastern coast of Java, without any other incident to beguile the monotony of our course than the occasional meeting with some of the small grabs of the Archipelago to which we were bound.

One evening, leaning over the taffrail, I observed a very singular isolated cloud, to the N.W. It was remarkable, as well from its colour as from its being the first we had seen since our departure from Batavia. I watched it attentively until sunset, when it spread all at once to the eastward and westward, girting in the horizon with a narrow strip of vapour, and looking like a long line of low beach. My notice was soon afterward attracted by the dusky-red appearance of the moon, and the peculiar character of the sea. The latter was undergoing a rapid change, and the water seemed more than usually transparent. Although I could distinctly see the bottom, yet, heaving the lead, I found the ship in fifteen fathoms. The air now became intolerably hot, and was loaded with spiral exhalations similar to those arising from heated iron. As night came on, every breath of wind died away, and a more entire calm it is impossible to conceive. The flame of a candle burned upon the poop without the least perceptible motion, and a long hair, held between the finger and thumb, hung without the possibility of detecting a vibration. However, as the captain said he could perceive no indication of danger, and as we were drifting in bodily to shore, he ordered the sails to be furled, and the anchor let go.

et pendant plusieurs jours nous restâmes le long de la côte orientale de Java, sans autre incident pour tromper la monotonie de notre route que la rencontre de quelques-uns des petits grabs de l'archipel où nous étions confinés.

Un soir, comme j'étais appuyé sur le bastingage de la dunette, j'observai un très singulier nuage, isolé, vers le nord-ouest. Il était remarquable autant par sa couleur que parce qu'il était le premier que nous eussions vu depuis notre départ de Batavia. Je le surveillai attentivement jusqu'au coucher du soleil; alors il se répandit tout d'un coup de l'est à l'ouest, cernant l'horizon d'une ceinture précise de vapeur, et apparaissant comme une longue ligne de côte très basse. Mon attention fut bientôt après attirée par l'aspect rouge et brun de la lune et le caractère particulier de la mer. Cette dernière subissait un changement rapide, et l'eau semblait plus transparente que d'habitude. Je pouvais distinctement voir le fond, et cependant, en jetant la sonde, je trouvai que nous étions sur quinze brasses. L'air était devenu intolérablement chaud et se chargeait d'exhalaisons spirales semblables à celles qui s'élèvent du fer chauffé. Avec la nuit, toute brise tomba, et nous fûmes pris par un calme plus complet qu'il n'est possible de le concevoir. La flamme d'une bougie brûlait à l'arrière sans le mouvement le moins sensible, et un long cheveu tenu entre l'index et le pouce tombait droit et sans la moindre oscillation. Néanmoins, comme le capitaine disait qu'il n'apercevait aucun symptôme de danger, et comme nous dérivions vers la terre par le travers, il commanda de carguer les voiles et de filer l'ancre.

No watch was set, and the crew, consisting principally of Malays, stretched themselves deliberately upon deck. I went below – not without a full presentiment of evil. Indeed, every appearance warranted me in apprehending a Simoon. I told the captain of my fears; but he paid no attention to what I said, and left me without deigning to give a reply. My uneasiness, however, prevented me from sleeping, and about midnight I went upon deck. As I placed my foot upon the upper step of the companion-ladder, I was startled by a loud, humming noise, like that occasioned by the rapid revolution of a mill-wheel, and before I could ascertain its meaning, I found the ship quivering to its centre. In the next instant a wilderness of foam hurled us upon our beam-ends, and, rushing over us fore and aft, swept the entire decks from stem to stern.

The extreme fury of the blast proved, in a great measure, the salvation of the ship. Although completely water-logged, yet, as her masts had gone by the board, she rose, after a minute, heavily from the sea, and, staggering awhile beneath the immense pressure of the tempest, finally righted.

By what miracle I escaped destruction, it is impossible to say. Stunned by the shock of the water, I found myself, upon recovery, jammed in between the stern-post and rudder. With great difficulty I regained my feet, and looking dizzily around, was at first struck with the idea of our being among breakers;

On ne mit point de vigie de quart, et l'équipage, qui se composait principalement de Malais, se coucha délibérément sur le pont. Je descendis dans la chambre, – non sans le parfait pressentiment d'un malheur. En réalité, tous ces symptômes me donnaient à craindre un simoun. Je parlai de mes craintes au capitaine ; mais il ne fit pas attention à ce que je disais, et me quitta sans daigner me faire une réponse. Mon malaise, toutefois, m'empêcha de dormir, et vers minuit, je montai sur le pont. Comme je mettais le pied sur la dernière marche du capot-d'échelle, je fus effrayé par un profond bourdonnement semblable à celui que produit l'évolution rapide d'une roue de moulin, et avant que j'eusse pu en vérifier la cause, je sentis que le navire tremblait dans son centre. Presque aussitôt, un coup de mer nous jeta sur le côté, et, courant par-dessus nous, balaya tout le pont de l'avant à l'arrière.

L'extrême furie du coup de vent fit, en grande partie, le salut du navire. Quoiqu'il fût absolument engagé dans l'eau, comme ses mâts s'en étaient allés par-dessus bord, il se releva lentement une minute après, et, vacillant quelques instants sous l'immense pression de la tempête, finalement il se redressa.

Par quel miracle échappai-je à la mort, il m'est impossible de le dire. Étourdi par le choc de l'eau, je me trouvai pris, quand je revins à moi, entre l'étambot et le gouvernail. Ce fut à grand-peine que je me remis sur mes pieds, et regardant vertigineusement autour de moi, je fus d'abord frappé de l'idée que nous étions sur des brisants,

so terrific, beyond the wildest imagination, was the whirlpool of mountainous and foaming ocean within which we were engulfed. After a while I heard the voice of an old Swede, who had shipped with us at the moment of leaving port. I hallooed to him with all my strength, and presently he came reeling aft. We soon discovered that we were the sole survivors of the accident. All on deck, with the exception of ourselves, had been swept overboard; the captain and mates must have perished while they slept, for the cabins were deluged with water. Without assistance we could expect to do little for the security of the ship, and our exertions were at first paralysed by the momentary expectation of going down. Our cable had, of course, parted like pack-thread, at the first breath of the hurricane, or we should have been instantaneously overwhelmed. We scudded with frightful velocity before the sea, and the water made clear breaches over us. The framework of our stern was shattered excessively, and, in almost every respect, we had received considerable injury; but to our extreme joy we found the pumps unchoked, and that we had made no great shifting of our ballast. The main fury of the blast had already blown over, and we apprehended little danger from the violence of the wind; but we looked forward to its total cessation with dismay; well believing, that in our shattered condition, we should inevitably perish in the tremendous swell which would ensue.

tant était effrayant, au-delà de toute imagination, le tourbillon de cette mer énorme et écumante dans laquelle nous étions engouffrés. Au bout de quelques instants, j'entendis la voix d'un vieux Suédois qui s'était embarqué avec nous au moment où nous quittions le port. Je le hélai de toute ma force, et il vint en chancelant me rejoindre à l'arrière. Nous reconnûmes bientôt que nous étions les seuls survivants du sinistre. Tout ce qui était sur le pont, nous exceptés, avait été balayé par-dessus bord; le capitaine et les matelots avaient péri pendant leur sommeil, car les cabines avaient été inondées par la mer. Sans auxiliaires, nous ne pouvions pas espérer de faire grand-chose pour la sécurité du navire, et nos tentatives furent d'abord paralysées par la croyance où nous étions que nous allions sombrer d'un moment à l'autre. Notre câble avait cassé comme un fil d'emballage, au premier souffle de l'ouragan; sans cela, nous eussions été engloutis instantanément. Nous fuyions devant la mer avec une vélocité effrayante, et l'eau nous faisait des brèches visibles. La charpente de notre arrière était excessivement endommagée, et, presque sous tous les rapports, nous avions essuyé de cruelles avaries; mais, à notre grande joie, nous trouvâmes que les pompes n'étaient pas engorgées; et que notre chargement n'avait pas été très dérangé.

La plus grande furie de la tempête était passée, et nous n'avions plus à craindre la violence du vent; mais nous pensions avec terreur au cas de sa totale cessation, bien persuadés que, dans notre état d'avarie, nous ne pourrions pas résister à l'épouvantable houle qui s'ensuivrait;

But this very just apprehension seemed by no means likely to be soon verified. For five entire days and nights – during which our only substance was a small quantity of jaggeree, procured with great difficulty from the forecastle – the hulk flew at a rate defying computation, before rapidly succeeding flaws of wind, which, without equalling the first violence of the Simoon, were still more terrific than any tempest I had before encountered. Our course for the first four days was, with trifling variations, S.E. and by S.; and we must have run down the coast of New Holland. On the fifth day the cold became extreme, although the wind had hauled round a point more to the northward. The sun arose with a sickly yellow lustre, and clambered a very few degrees above the horizon – emitting no decisive light. There were no clouds apparent, yet the wind was upon the increase, and blew with a fitful and unsteady fury. About noon, as nearly as we could guess, our attention was again arrested by the appearance of the sun. It gave out no light properly so called, but a dull and sullen glow without reflection, as if all its rays were polarized. Just before sinking within the turgid sea, its central fires suddenly went out, as if hurriedly extinguished by some unaccountable power. It was a dim, silver-like rim, alone, as it rushed down the unfathomable ocean.

mais cette très juste appréhension ne semblait pas si près de se vérifier. Pendant cinq nuits et cinq jours entiers, durant lesquels nous vécûmes de quelques morceaux de sucre de palmier tirés à grand-peine du gaillard d'avant, notre coque fila avec une vitesse incalculable devant des reprises de vent qui se succédaient rapidement, et qui, sans égaler la première violence du simoun, étaient cependant plus terribles qu'aucune tempête que j'eusse essuyée jusqu'alors. Pendant les quatre premiers jours, notre route, sauf de très légères variations, fut au sud-est quart de sud, et ainsi nous serions allés nous jeter sur la côte de la Nouvelle-Hollande.

Le cinquième jour, le froid devint extrême, quoique le vent eût tourné d'un point vers le nord. Le soleil se leva avec un éclat jaune et maladif, et se hissa à quelques degrés à peine au-dessus de l'horizon, sans projeter une lumière franche. Il n'y avait aucun nuage apparent, et cependant le vent fraîchissait, fraîchissait, et soufflait avec des accès de furie. Vers midi, ou à peu près, autant que nous en pûmes juger, notre attention fut attirée de nouveau par la physionomie du soleil. Il n'émettait pas de lumière, à proprement parler, mais une espèce de feu sombre et triste, sans réflexion, comme si tous les rayons étaient polarisés. Juste avant de se plonger dans la mer grossissante, son feu central disparut soudainement, comme s'il était brusquement éteint par une puissance inexplicable. Ce n'était plus qu'une roue pâle et couleur d'argent, quand il se précipita dans l'insondable Océan.

We waited in vain for the arrival of the sixth day – that day to me has not yet arrived – to the Swede never did arrive. Thence-forward we were enshrouded in pitchy blackness, so that we could not have seen an object at twenty paces from the ship. Eternal night continued to envelope us, all unrelieved by the phosphoric sea-brilliancy to which we had been accustomed in the tropics. We observed, too, that, although the tempest continued to rage with unabated violence, there was no longer to be discovered the usual appearance of surf, or foam, which had hitherto attended us. All around were horror, and thick gloom, and a black sweltering desert of ebony. Superstitious terror crept by degrees into the spirit of the old Swede, and my own soul was wrapt in silent wonder. We neglected all care of the ship, as worse than useless, and securing ourselves as well as possible, to the stump of the mizzen-mast, looked out bitterly into the world of ocean. We had no means of calculating time, nor could we form any guess of our situation. We were, however, well aware of having made farther to the southward than any previous navigators, and felt great amazement at not meeting with the usual impediments of ice. In the meantime every moment threatened to be our last – every mountainous billow hurried to overwhelm us. The swell surpassed anything I had imagined possible, and that we were not instantly buried is a miracle.

Nous attendîmes en vain l'arrivée du sixième jour; – ce jour n'est pas encore arrivé pour moi, – pour le Suédois il n'est jamais arrivé. Nous fûmes dès lors ensevelis dans des ténèbres de poix, si bien que nous n'aurions pas vu un objet à vingt pas du navire. Nous fûmes enveloppés d'une nuit éternelle que ne tempérait même pas l'éclat phosphorique de la mer auquel nous étions accoutumés sous les tropiques. Nous observâmes aussi que, quoique la tempête continuât à faire rage sans accalmie, nous ne découvrions plus aucune apparence de ce ressac et de ces moutons qui nous avaient accompagnés jusque-là. Autour de nous, tout n'était qu'horreur, épaisse obscurité, un noir désert d'ébène liquide. Une terreur superstitieuse s'infiltrait par degrés dans l'esprit du vieux Suédois, et mon âme, quant à moi, était plongée dans une muette stupéfaction. Nous avions abandonné tout soin du navire, comme chose plus qu'inutile, et, nous attachant de notre mieux au tronçon du mât de misaine, nous promenions nos regards avec amertume sur l'immensité de l'Océan. Nous n'avions aucun moyen de calculer le temps, et nous ne pouvions former aucune conjecture sur notre situation. Nous étions néanmoins bien sûrs d'avoir été plus loin dans le sud qu'aucun des navigateurs précédents, et nous éprouvions un grand étonnement de ne pas rencontrer les obstacles ordinaires de glace. Cependant, chaque minute menaçait d'être la dernière, – chaque énorme vague se précipitait pour nous écraser. La houle surpassait tout ce que j'avais imaginé comme possible, et c'était un miracle de chaque instant que nous ne fussions pas engloutis.

My companion spoke of the lightness of our cargo, and reminded me of the excellent qualities of our ship; but I could not help feeling the utter hopelessness of hope itself, and prepared myself gloomily for that death which I thought nothing could defer beyond an hour, as, with every knot of way the ship made, the swelling of the black stupendous seas became more dismally appalling. At times we gasped for breath at an elevation beyond the albatross – at times became dizzy with the velocity of our descent into some watery hell, where the air grew stagnant, and no sound disturbed the slumbers of the kraken.

We were at the bottom of one of these abysses, when a quick scream from my companion broke fearfully upon the night. 'See! see!' cried he, shrieking in my ears. 'Almighty God! see! see!' As he spoke I became aware of a dull sullen glare of red light which streamed down the sides of the vast chasm where we lay, and threw a fitful brilliancy upon our deck. Casting my eyes upwards, I beheld a spectacle which froze the current of my blood. At a terrific height directly above us, and upon the very verge of the precipitous descent, hovered a gigantic ship, of perhaps four thousand tons. Although upreared upon the summit of a wave more than a hundred times her own altitude, her apparent size still exceeded that of any ship of the line or East Indiaman in existence. Her huge hull was of a deep dingy black, unrelieved by any of the customary carvings of a ship.

Mon camarade parlait de la légèreté de notre chargement, et me rappelait les excellentes qualités de notre bateau ; mais je ne pouvais m'empêcher d'éprouver l'absolu renoncement du désespoir, et je me préparais mélancoliquement à cette mort que rien, selon moi, ne pouvait différer au-delà d'une heure, puisque, à chaque nœud que filait le navire, la houle de cette mer noire et prodigieuse devenait plus lugubrement effrayante. Parfois, à une hauteur plus grande que celle de l'albatros, la respiration nous manquait, et d'autre fois nous étions pris de vertige en descendant avec une horrible vélocité dans un enfer liquide où l'air devenait stagnant, et où aucun son ne pouvait troubler les sommeils du kraken.

Nous étions au fond de ces abîmes, quand un cri soudain de mon compagnon éclata sinistrement dans la nuit. – Voyez ! voyez ! – me criait-il dans les oreilles ; – Dieu tout-puissant ! Voyez ! voyez ! – Comme il parlait, j'aperçus une lumière rouge, d'un éclat sombre et triste, qui flottait sur le versant du gouffre immense où nous étions ensevelis, et jetait à notre bord un reflet vacillant. En levant les yeux, je vis un spectacle qui glaça mon sang. À une hauteur terrifiante, juste au-dessus de nous et sur la crête même du précipice, planait un navire gigantesque, de quatre mille tonneaux peut-être. Quoique juché au sommet d'une vague qui avait bien cent fois sa hauteur, il paraissait d'une dimension beaucoup plus grande que celle d'aucun vaisseau de ligne ou de la Compagnie des Indes. Son énorme coque était d'un noir profond que ne tempérait aucun des ornements ordinaires d'un navire.

A single row of brass cannon protruded from her open ports, and dashed from the polished surfaces the fires of innumerable battle-lanterns which swung to and fro about her rigging. But what mainly inspired us with horror and astonishment, was that she bore up under a press of sail in the very teeth of that supernatural sea, and of that ungovernable hurricane. When we first discovered her, her bows were alone to be seen, as she rose slowly from the dim and horrible gulf beyond her. For a moment of intense terror she paused upon the giddy pinnacle as if in contemplation of her own sublimity, then trembled, and tottered, and – came down.

At this instant, I know not what sudden self-possession came over my spirit. Staggering as far aft as I could, I awaited fearlessly the ruin that was to overwhelm. Our own vessel was at length ceasing from her struggles, and sinking with her head to the sea. The shock of the descending mass struck her, consequently, in that portion of her frame which was nearly under water, and the inevitable result was to hurl me, with irresistible violence, upon the rigging of the stranger.

As I fell, the ship hove in stays, and went about; and to the confusion ensuing I attributed my escape from the notice of the crew. With little difficulty I made my way, unperceived, to the main hatchway, which was partially open, and soon found an opportunity of secreting myself in the hold. Why I did so I can hardly tell.

Une simple rangée de canons s'allongeait de ses sabords ouverts et renvoyait, réfléchis par leurs surfaces polies, les feux d'innombrables fanaux de combat qui se balançaient dans le gréement. Mais ce qui nous inspira le plus d'horreur et d'étonnement, c'est qu'il marchait toutes voiles dehors, en dépit de cette mer surnaturelle et de cette tempête effrénée. D'abord, quand nous l'aperçûmes, nous ne pouvions voir que son avant, parce qu'il ne s'élevait que lentement du noir et horrible gouffre qu'il laissait derrière lui. Pendant un moment, – moment d'intense terreur, – il fit une pause sur ce sommet vertigineux, comme dans l'enivrement de sa propre élévation, – puis trembla, – s'inclina, – et enfin – glissa sur la pente.

En ce moment, je ne sais quel sang-froid soudain maîtrisa mon esprit. Me rejetant autant que possible vers l'arrière, j'attendis sans trembler la catastrophe qui devait nous écraser. Notre propre navire, à la longue, ne luttait plus contre la mer et plongeait de l'avant. Le choc de la masse précipitée le frappa conséquemment dans cette partie de la charpente qui était déjà sous l'eau, et eut pour résultat inévitable de me lancer dans le gréement de l'étranger.

Comme je tombais, ce navire se souleva dans un temps d'arrêt, puis vira de bord; et c'est, je présume, à la confusion qui s'ensuivit que je dus d'échapper à l'attention de l'équipage. Je n'eus pas grand-peine à me frayer un chemin, sans être vu, jusqu'à la principale écoutille, qui était en partie ouverte, et je trouvai bientôt une occasion propice pour me cacher dans la cale. Pourquoi fis-je ainsi? je ne saurais trop le dire.

An indefinite sense of awe, which at first sight of the navigators of the ship had taken hold of my mind, was perhaps the principle of my concealment. I was unwilling to trust myself with a race of people who had offered, to the cursory glance I had taken, so many points of vague novelty, doubt, and apprehension. I therefore thought proper to contrive a hiding-place in the hold. This I did by removing a small portion of the shifting-boards, in such a manner as to afford me a convenient retreat between the huge timbers of the ship.

I had scarcely completed my work, when a footstep in the hold forced me to make use of it. A man passed by my place of concealment with a feeble and unsteady gait. I could not see his face, but had an opportunity of observing his general appearance. There was about it an evidence of great age and infirmity. His knees tottered beneath a load of years, and his entire frame quivered under the burthen. He muttered to himself, in a low broken tone, some words of a language which I could not understand, and groped in a corner among a pile of singular-looking instruments, and decayed charts of navigation. His manner was a wild mixture of the peevishness of second childhood, and the solemn dignity of a god. He at length went on deck, and I saw him no more.

*

A feeling, for which I have no name, had taken possession of my soul – a sensation which

Ce qui m'induisit à me cacher fut peut-être un sentiment vague de terreur qui s'était emparé tout d'abord de mon esprit à l'aspect des nouveaux navigateurs. Je ne me souciais pas de me confier à une race de gens qui, d'après le coup d'œil sommaire que j'avais jeté sur eux, m'avaient offert le caractère d'une indéfinissable étrangeté, et tant de motifs de doute et d'appréhension. C'est pourquoi je jugeai à propos de m'arranger une cachette dans la cale. J'enlevai une petite partie du faux bordage, de manière à me ménager une retraite commode entre les énormes membrures du navire.

J'avais à peine achevé ma besogne, qu'un bruit de pas dans la cale me contraignit d'en faire usage. Un homme passa à côté de ma cachette d'un pas faible et mal assuré. Je ne pus pas voir son visage, mais j'eus le loisir d'observer son aspect général. Il y avait en lui tout le caractère de la faiblesse et de la caducité. Ses genoux vacillaient sous la charge des années, et tout son être en tremblait. Il se parlait à lui-même, marmottait d'une voix basse et cassée quelques mots d'une langue que je ne pus pas comprendre, et farfouillait dans un coin où l'on avait empilé des instruments d'un aspect étrange et des cartes marines délabrées. Ses manières étaient un singulier mélange de la maussaderie d'une seconde enfance et de la dignité solennelle d'un dieu. À la longue, il remonta sur le pont, et je ne le vis plus.

. . . .

Un sentiment pour lequel je ne trouve pas de mot a pris possession de mon âme, – une sensation qui

will admit of no analysis, to which the lessons of by-gone time are inadequate, and for which I fear futurity itself will offer me no key. To a mind constituted like my own, the latter consideration is an evil. I shall never – I know that I shall never – be satisfied with regard to the nature of my conceptions. Yet it is not wonderful that these conceptions are indefinite, since they have their origin in sources so utterly novel. A new sense – a new entity is added to my soul.

*

It is long since I first trod the deck of this terrible ship, and the rays of my destiny are, I think, gathering to a focus. Incomprehensible men! Wrapped up in meditations of a kind which I cannot divine, they pass me by unnoticed. Concealment is utter folly on my part, for the people *will not see*. It is but just now that I passed directly before the eyes of the mate; it was no long while ago that I ventured into the captain's own private cabin, and took thence the materials with which I write, and have written. I shall from time to time continue this journal. It is true that I may not find an opportunity of transmitting it to the world, but I will not fail to make the endeavour. At the last moment I will enclose the MS in a bottle, and cast it within the sea.

n'admet pas d'analyse, qui n'a pas sa traduction dans les lexiques du passé, et pour laquelle je crains que l'avenir lui-même ne trouve pas de clef. – Pour un esprit constitué comme le mien, cette dernière considération est un vrai supplice. Jamais je ne pourrai, – je sens que je ne pourrai jamais être édifié relativement à la nature de mes idées. Toutefois il n'est pas étonnant que ces idées soient indéfinissables, puisqu'elles sont puisées à des sources si entièrement neuves. Un nouveau sentiment – une nouvelle entité – est ajouté à mon âme.

. . . .

Il y a déjà bien longtemps que j'ai touché pour la première fois le pont de ce terrible navire, et les rayons de ma destinée vont, je crois, se concentrant et s'engloutissant dans un foyer. Incompréhensibles gens ! Enveloppés dans des méditations dont je ne puis deviner la nature, ils passent à côté de moi sans me remarquer. Me cacher est pure folie de ma part, car ce monde-là *ne veut pas voir.* Il n'y a qu'un instant, je passais juste sous les yeux du second ; peu de temps auparavant je m'étais aventuré jusque dans la cabine du capitaine lui-même, et c'est là que je me suis procuré les moyens d'écrire ceci et tout ce qui précède. Je continuerai ce journal de temps en temps. Il est vrai que je ne puis trouver aucune occasion de le transmettre au monde ; pourtant j'en veux faire l'essai. Au dernier moment j'enfermerai le manuscrit dans une bouteille, et je jetterai le tout à la mer.

*

An incident has occurred which has given me new room for meditation. Are such things the operation of ungoverned chance? I had ventured upon deck and thrown myself down, without attracting any notice, among a pile of ratlin-stuff and old sails, in the bottom of the yawl. While musing upon the singularity of my fate, I unwittingly daubed with a tar-brush the edges of a neatly-folded studding-sail which lay near me on a barrel. The studding-sail is now bent upon the ship, and the thoughtless touches of the brush are spread out into the word DISCOVERY.

I have made my observations lately upon the structure of the vessel. Although well armed, she is not, I think, a ship of war. Her rigging, build, and general equipment, all negative a supposition of this kind. What she *is not*, I can easily perceive; what she *is*, I fear it is impossible to say. I know not how it is, but in scrutinizing her strange model and singular cast of spars, her huge size and overgrown suits of canvas, her severely simple bow and antiquated stern, there will occasionally flash across my mind a sensation of familiar things, and there is always mixed up with such indistinct shadows of recollection, an unaccountable memory of old foreign chronicles and ages long ago.

. . . .

Un incident est survenu qui m'a de nouveau donné lieu à réfléchir. De pareilles choses sont-elles l'opération d'un hasard indiscipliné ? Je m'étais faufilé sur le pont et m'étais étendu, sans attirer l'attention de personne, sur un amas d'enflèchures et de vieilles voiles, dans le fond de la yole. Tout en rêvant à la singularité de ma destinée, je barbouillais, sans y penser, avec une brosse à goudron, les bords d'une bonnette soigneusement pliée et posée à côté de moi sur un baril. La bonnette est maintenant tendue sur ses bouts-dehors, et les touches irréfléchies de la brosse figurent le mot DÉCOUVERTE.

J'ai fait récemment plusieurs observations sur la structure du vaisseau. Quoique bien armé, ce n'est pas, je crois, un vaisseau de guerre. Son gréement, sa structure, tout son équipement repoussent une supposition de cette nature. Ce qu'il n'est pas, je le perçois facilement ; mais ce qu'il est, je crains qu'il ne me soit impossible de le dire. Je ne sais comment cela se fait, mais en examinant son étrange modèle et la singulière forme de ses espars, ses proportions colossales, cette prodigieuse collection de voiles, son avant sévèrement simple et son arrière d'un style suranné, il me semble parfois que la sensation d'objets qui ne me sont pas inconnus traverse mon esprit comme un éclair, et toujours à ces ombres flottantes de la mémoire est mêlé un inexplicable souvenir de vieilles légendes étrangères et de siècles très anciens.

*

I have been looking at the timbers of the ship. She is built of a material to which I am a stranger. There is a peculiar character about the wood which strikes me as rendering it unfit for the purpose to which it has been applied. I mean its extreme *porousness*, considered independently of the worm-eaten condition which is a consequence of navigation in these seas, and apart from the rottenness attendant upon age. It will appear perhaps an observation somewhat over-curious, but this would have every characteristic of Spanish oak, if Spanish oak were distended by any unnatural means.

In reading the above sentence, a curious apothegm of an old weather-beaten Dutch navigator comes full upon my recollection. 'It is as sure,' he was wont to say, when any doubt was entertained of his veracity, 'as sure as there is a sea where the ship itself will grow in bulk like a living body of the seaman.'

*

About an hour ago, I made bold to trust myself among a group of the crew. They paid me no manner of attention, and, although I stood in the very midst of them all, seemed utterly unconscious of my presence. Like the one I had at first seen in the hold, they all bore about them the marks of a hoary old age. Their knees trembled

. . . .

J'ai bien regardé la charpente du navire. Elle est faite de matériaux qui me sont inconnus. Il y a dans le bois un caractère qui me frappe, comme le rendant, ce me semble, impropre à l'usage auquel il a été destiné. Je veux parler de son extrême porosité, considérée indépendamment des dégâts faits par les vers, qui sont une conséquence de la navigation dans ces mers, et de la pourriture résultant de sa vieillesse. Peut-être trouvera-t-on mon observation quelque peu subtile, mais il me semble que ce bois aurait tout le caractère du chêne espagnol, si le chêne espagnol pouvait être dilaté par des moyens artificiels.

En relisant la phrase précédente, il me revient à l'esprit un curieux apophtegme d'un vieux loup de mer hollandais. – Cela est positif, disait-il toujours quand on exprimait quelque doute sur sa véracité, – comme il est positif qu'il y a une mer où le navire lui-même grossit comme le corps vivant d'un marin.

. . . .

Il y a environ une heure, je me suis senti la hardiesse de me glisser dans un groupe d'hommes de l'équipage. Ils n'ont pas eu l'air de faire attention à moi, et, quoique je me tinsse juste au milieu d'eux, ils paraissaient n'avoir aucune conscience de ma présence. Comme celui que j'avais vu le premier dans la cale, ils portaient tous les signes d'une vieillesse chenue. Leurs genoux tremblaient

with infirmity; their shoulders were bent double with decrepitude; their shrivelled skins rattled in the wind; their voices were low, tremulous, and broken; their eyes glistened with the rheum of years; and their grey hairs streamed terribly in the tempest. Around them, on every part of the deck, lay scattered mathematical instruments of the most quaint and obsolete construction.

*

I mentioned, some time ago, the bending of a studding-sail. From that period, the ship, being thrown dead off the wind, has continued her terrific course due south, with every rag of canvas packed upon her, from her truck to her lower-studding-sail booms, and rolling every moment her top-gallant yard-arms into the most appalling hell of water which it can enter into the mind of man to imagine. I have just left the deck, where I found it impossible to maintain a footing, although the crew seem to experience little inconvenience. It appears to me a miracle of miracles that our enormous bulk is not swallowed up at once and for ever. We are surely doomed to hover continually upon the brink of eternity, without taking a final plunge into the abyss. From billows a thousand times more stupendous than any I have ever seen, we glide away with the facility of the arrowy sea-gull; and the colossal waters rear their heads above us like demons of the deep,

de faiblesse; leurs épaules étaient arquées par la décrépitude; leur peau ratatinée frissonnait au vent; leur voix était basse, chevrotante et cassée; leurs yeux distillaient les larmes brillantes de la vieillesse, et leurs cheveux gris fuyaient terriblement dans la tempête. Autour d'eux, de chaque côté du pont, gisaient éparpillés des instruments mathématiques d'une structure très ancienne et tout à fait tombée en désuétude.

. . . .

J'ai parlé un peu plus haut d'une bonnette qu'on avait installée. Depuis ce moment, le navire, chassé par le vent, n'a pas discontinué sa terrible course droit au sud, chargé de toute sa toile disponible, depuis ses pommes de mâts jusqu'à ses bouts-dehors inférieurs, et plongeant ses bouts de vergues de perroquets dans le plus effrayant enfer liquide que jamais cervelle humaine ait pu concevoir. Je viens de quitter le pont, ne trouvant plus la place tenable; cependant, l'équipage ne semble pas souffrir beaucoup. C'est pour moi le miracle des miracles qu'une si énorme masse ne soit pas engloutie tout de suite et pour toujours. Nous sommes condamnés, sans doute, à côtoyer éternellement le bord de l'éternité, sans jamais faire notre plongeon définitif dans le gouffre. Nous glissons avec la prestesse de l'hirondelle de mer sur des vagues mille fois plus effrayantes qu'aucune de celles que j'ai jamais vues; et des ondes colossales élèvent leurs têtes au-dessus de nous comme des démons de l'abîme,

but like demons confined to simple threats, and forbidden to destroy. I am led to attribute these frequent escapes to the only natural cause which can account for such effect. I must suppose the ship to be within the influence of some strong current, or impetuous undertow.

*

I have seen the captain face to face, and in his own cabin – but, as I expected, he paid me no attention. Although in his appearance there is, to a casual observer, nothing which might bespeak him more or less than man, still, a feeling of irrepressible reverence and awe mingled with the sensation of wonder with which I regarded him. In stature, he is nearly my own height; that is, about five feet eight inches. He is of a well-knit and compact frame of body, neither robust nor remarkable otherwise. But it is the singularity of the expression which reigns upon the face – it is the intense, the wonderful, the thrilling evidence of old age so utter, so extreme, which excites within my spirit a sense – a sentiment ineffable. His forehead, although little wrinkled, seems to bear upon it the stamp of a myriad of years. His grey hairs are records of the past, and his greyer eyes are sybils of the future. The cabin floor was thickly strewn with strange, iron-clasped folios, and mouldering instruments of science, and obsolete long-forgotten charts. His head was bowed down

mais comme des démons restreints aux simples menaces et auxquels il est défendu de détruire. Je suis porté à attribuer cette bonne chance perpétuelle à la seule cause naturelle qui puisse légitimer un pareil effet. Je suppose que le navire est soutenu par quelque fort courant ou remous sous-marin.

....

J'ai vu le capitaine face à face, et dans sa propre cabine; mais, comme je m'y attendais, il n'a fait aucune attention à moi. Bien qu'il n'y ait rien dans sa physionomie générale qui révèle, pour l'œil du premier venu, quelque chose de supérieur ou d'inférieur à l'homme, toutefois l'étonnement que j'éprouvai à son aspect se mêlait d'un sentiment de respect et de terreur irrésistibles. Il est à peu près de ma taille, c'est-à-dire de cinq pieds huit pouces environ. Il est bien proportionné, bien pris dans son ensemble; mais cette constitution n'annonce ni vigueur particulière, ni quoi que ce soit de remarquable. Mais c'est la singularité de l'expression qui règne sur sa face, – c'est l'intense, terrible, saisissante évidence de la vieillesse, si entière, si absolue, qui crée dans mon esprit un sentiment, – une sensation ineffable. Son front, quoique peu ridé, semble porter le sceau d'une myriade d'années. Ses cheveux gris sont des archives du passé, et ses yeux, plus gris encore, sont des sibylles de l'avenir. Le plancher de sa cabine était encombré d'étranges in-folio à fermoirs de fer, d'instruments de science usés et d'anciennes cartes d'un style complètement oublié. Sa tête était appuyée

upon his hands, and he pored, with a fiery, unquiet eye, over a paper which I took to be a commission, and which, at all events, bore the signature of a monarch. He murmured to himself – as did the first seaman whom I saw in the hold – some low peevish syllables of a foreign tongue; and although the speaker was close at my elbow, his voice seemed to reach my ears from the distance of a mile...

*

The ship and all in it are imbued with the spirit of Eld. The crew glide to and fro like the ghosts of buried centuries; their eyes have an eager and uneasy meaning; and when their figures fall athwart my path in the wild glare of the battle-lanterns, I feel as I have never felt before, although I have been all my life a dealer in antiquities, and have imbibed the shadows of fallen columns at Balbec, and Tadmor, and Persepolis, until my very soul has become a ruin.

*

When I look around me, I feel ashamed of my former apprehension. If I trembled at the blast which has hitherto attended us, shall I not stand aghast at a warring of wind and ocean, to convey any idea of which, the words tornado and simoon are trivial and ineffective?

sur ses mains, et d'un œil ardent et inquiet il dévorait un papier que je pris pour une commission, et qui, en tout cas, portait une signature royale. Il se parlait à lui-même, – comme le premier matelot que j'avais aperçu dans la cale, – et marmottait d'une voix basse et chagrine quelques syllabes d'une langue étrangère ; et, bien que je fusse tout à côté de lui, il me semblait que sa voix arrivait à mon oreille de la distance d'un mille.

....

Le navire avec tout ce qu'il contient est imprégné de l'esprit des anciens âges. Les hommes de l'équipage glissent çà et là comme les ombres des siècles enterrés ; dans leurs yeux vit une pensée ardente et inquiète ; et quand, sur mon chemin, leurs mains tombent dans la lumière effarée des fanaux, j'éprouve quelque chose que je n'ai jamais éprouvé jusqu'à présent, quoique toute ma vie j'aie eu la folie des antiquités, et que je me sois baigné dans l'ombre des colonnes ruinées de Balbek, de Tadmor et de Persépolis, tant qu'à la fin mon âme elle-même est devenue une ruine.

....

Quand je regarde autour de moi, je suis honteux de mes premières terreurs. Si la tempête qui nous a poursuivis jusqu'à présent me faisait trembler, ne devrais-je pas être frappé d'horreur devant cette bataille du vent et de l'Océan, dont les mots vulgaires : tourbillon et simoun, ne peuvent pas donner la moindre idée ?

All in the immediate vicinity of the ship is the blackness of eternal night, and a chaos of foam-less water; but, about a league on either side of us, may be seen, indistinctly and at intervals, stu-pendous ramparts of ice, towering away into the desolate sky, and looking like the walls of the uni-verse.

*

As I imagined, the ship proves to be in a current – if that appellation can properly be given to a tide which, howling and shrieking by the white ice, thunders on to the southward with a velocity like the headlong dashing of a cataract.

*

To conceive the horror of my sensations is, I presume, utterly impossible; yet a curiosity to penetrate the mysteries of these awful regions pre-dominates even over my despair, and will reconcile me to the most hideous aspect of death. It is evi-dent that we are hurrying onward to some exciting knowledge – some never-to-be-imparted secret, whose attainment is destruction. Perhaps this cur-rent leads us to the southern pole itself. It must be confessed that a supposition apparently so wild has every probability in its favour.

Le navire est littéralement enfermé dans les ténèbres d'une éternelle nuit et dans un chaos d'eau qui n'écume plus ; mais à une distance d'une lieue environ de chaque côté, nous pouvons apercevoir, indistinctement et par intervalles, de prodigieux remparts de glace qui montent vers le ciel désolé et ressemblent aux murailles de l'univers !

....

Comme je l'avais pensé, le navire est évidemment dans un courant, – si l'on peut proprement appeler ainsi une marée qui va mugissant et hurlant à travers les blancheurs de la glace, et fait entendre du côté du sud un tonnerre plus précipité que celui d'une cataracte tombant à pic.

....

Concevoir l'horreur de mes sensations est, je crois, chose absolument impossible ; cependant, la curiosité de pénétrer les mystères de ces effroyables régions surplombe encore mon désespoir et suffit à me réconcilier avec le plus hideux aspect de la mort. Il est évident que nous nous précipitons vers quelque entraînante découverte, – quelque incommunicable secret dont la connaissance implique la mort. Peut-être ce courant nous conduit-il au pôle sud lui-même. Il faut avouer que cette supposition, si étrange en apparence, a toute probabilité pour elle.

*

The crew pace the deck with unquiet and tremulous step; but there is upon their countenance and expression more of the eagerness of hope than the apathy of despair.

In the meantime the wind is still in our poop, and, as we carry a crowd of canvas, the ship is at times lifted bodily from out the sea! Oh, horror upon horror! – the ice opens suddenly to the right, and to the left, and we are whirling dizzily, in immense concentric circles, round and round the borders of a gigantic amphitheatre, the summit of whose walls is lost in the darkness and the distance. But little time will be left me to ponder upon my destiny! The circles rapidly grow small – we are plunging madly within the grasp of the whirlpool – and amid a roaring, and bellowing, and thundering of ocean and tempest, the ship is quivering – oh God! and – going down*!

---

* The *MS Found in a Bottle* was originally published in 1831, and it was not until many years afterward that I became acquainted with the maps of Mercator, in which the ocean is represented as rushing, by four mouths, into the (northern) Polar Gulf, to be absorbed into the bowels of the earth; the Pole itself being represented by a black rock, towering to a prodigious height. [E.A.P.]

....

L'équipage se promène sur le pont d'un pas tremblant et inquiet; mais il y a dans toutes les physionomies une expression qui ressemble plutôt à l'ardeur de l'espérance qu'à l'apathie du désespoir.

Cependant nous avons toujours le vent arrière, et, comme nous portons une masse de toile, le navire s'enlève quelquefois en grand hors de la mer. Oh! horreur sur horreur! – la glace s'ouvre soudainement à droite et à gauche, et nous tournons vertigineusement dans d'immenses cercles concentriques, tout autour des bords d'un gigantesque amphithéâtre, dont les murs perdent leur sommet dans les ténèbres et l'espace. Mais il ne me reste que peu de temps pour rêver à ma destinée! Les cercles se rétrécissent rapidement, – nous plongeons follement dans l'étreinte du tourbillon, – et, à travers le mugissement, le beuglement et le détonnement de l'Océan et de la tempête, le navire tremble, – oh! Dieu! – il se dérobe, – il sombre[1]!

1. Le *Manuscrit trouvé dans une bouteille* fut publié pour la première fois en 1831, et ce ne fut que bien des années plus tard que j'eus connaissance des cartes de Mercator, dans lesquelles on voit l'Océan se précipiter par quatre embouchures dans le gouffre polaire (au nord) et s'absorber dans les entrailles de la terre; le pôle lui-même y est figuré par un rocher noir, s'élevant à une prodigieuse hauteur. [E.A.P.]

Avant-propos 7

Double assassinat dans la rue Morgue 15
La Lettre volée 129
Manuscrit trouvé dans une bouteille 191

DU MÊME AUTEUR
DANS LA COLLECTION FOLIO

Histoires extraordinaires (n° 310)
Nouvelles histoires extraordinaires (n° 801)
Histoires grotesques et sérieuses (n° 1040)
Ne pariez jamais votre tête au diable
(et autres contes non traduits par Baudelaire) (n° 2048)
Aventures d'Arthur Gordon Pym (n° 658)

DANS LA COLLECTION
FOLIO BILINGUE

Mystification et autres contes/Mystification and other tales
Préface d'Alain Jaubert (Folio Bilingue n° 24)

DANS LA MÊME COLLECTION

ANGLAIS

CAPOTE *One Christmas / The Thanksgiving visitor* / Un Noël / L'invité d'un jour

CAPOTE *Breakfast at Tiffany's* / Petit déjeuner chez Tiffany

CONAN DOYLE *Silver Blaze and other adventures of Sherlock Holmes* / Étoile d'argent et autres aventures de Sherlock Holmes

CONAN DOYLE *The Man with the Twisted Lip and other adventures of Sherlock Holmes* / L'homme à la lèvre tordue et autres aventures de Sherlock Holmes

CONRAD *Gaspar Ruiz* / Gaspar Ruiz

CONRAD *Heart of Darkness* / Au cœur des ténèbres

CONRAD *The Duel / A Military Tale* / Le duel / Un récit militaire

CONRAD *The Secret Sharer* / Le Compagnon secret

CONRAD *Typhoon* / Typhon

CONRAD *Youth* / Jeunesse

DAHL *The Great Switcheroo / The Last Act* / La grande entourloupe / Le dernier acte

DAHL *The Princess and the Poacher / Princess Mammalia* / La Princesse et le braconnier / La Princesse Mammalia

DAHL *The Umbrella Man and other stories* / L'homme au parapluie et autres nouvelles

DICKENS *A Christmas Carol* / Un chant de Noël

FAULKNER *A Rose for Emily / That Evening Sun / Dry September* / Une rose pour Emily / Soleil couchant / Septembre ardent

FAULKNER *As I lay dying* / Tandis que j'agonise

FAULKNER *The Wishing Tree* / L'Arbre aux Souhaits

HARDY *Two Stories from Wessex Tales* / Deux contes du Wessex

HEMINGWAY *Fifty Grand and other short stories* / Cinquante mille dollars et autres nouvelles

HEMINGWAY *The Snows of Kilimanjaro and other short stories* / Les neiges du Kilimandjaro et autres nouvelles

HEMINGWAY *The Old Man and the Sea* / Le vieil homme et la mer

HIGGINS *Harold and Maude* / Harold et Maude

JAMES *Daisy Miller* / Daisy Miller

JAMES *The Birthplace* / La Maison natale
JOYCE *A Painful Case / The Dead* / Un cas douloureux / Les morts
KEROUAC *Lonesome Traveler* / Le vagabond solitaire (choix)
KIPLING *Stalky and Co.* / Stalky et Cie
KIPLING *Wee Willie Winkie* / Wee Willie Winkie
LAWRENCE *Daughters of the Vicar* / Les filles du pasteur
LAWRENCE *The Virgin and the Gipsy* / La vierge et le gitan
LONDON *The Call of the Wild* / L'appel de la forêt
LOVECRAFT *The Dunwich Horror* / L'horreur de Dunwich
MELVILLE *Benito Cereno* / Benito Cereno
MELVILLE *Bartleby the Scrivener* / Bartleby le scribe
ORWELL *Animal Farm* / La ferme des animaux
POE *Mystification and other tales* / Mystification et autres contes
POE *The Murders in the Rue Morgue and other tales* / Double assassinat dans la rue Morgue et autres histoires
RENDELL *The Strawberry Tree* / L'Arbousier
SCOTT FITZGERALD *The Crack-Up and other short stories* / La fêlure et autres nouvelles
STEINBECK *The Pearl* / La perle
STEINBECK *The Red Pony*/ Le poney rouge
STEVENSON *The Rajah's Diamond* / Le diamant du rajah
STEVENSON *The strange case of Dr Jekyll and Mr Hyde* / L'étrange cas du Dr Jekyll et M. Hyde
STYRON *Darkness Visible / A Memoir of Madness* / Face aux ténèbres / Chronique d'une folie
SWIFT *A voyage to Lilliput* / Voyage à Lilliput
TWAIN *Is he living or is he dead ? And other short stories* / Est-il vivant ou est-il mort ? / Et autres nouvelles
UHLMAN *Reunion* / L'ami retrouvé
WELLS *The Country of the Blind and other tales of anticipation* / Le Pays des Aveugles et autres récits d'anticipation
WELLS *The Time Machine* / La Machine à explorer le temps
WILDE *A House of Pomegranates* / Une maison de grenades
WILDE *The Portrait of Mr. W. H.* / Le portrait de Mr. W. H.
WILDE *Lord Arthur Savile's crime* / Le crime de Lord Arthur Savile
WILDE *The Canterville Ghost and other short fictions* / Le Fantôme des Canterville et autres contes

ALLEMAND

BERNHARD *Der Stimmenimitator* / L'imitateur
BÖLL *Der Zug war pünktlich* / Le train était à l'heure
CHAMISSO *Peter Schlemihls wundersame Geschichte* / L'étrange histoire de Peter Schlemihl
EICHENDORFF *Aus dem Leben eines Taugenichts* / Scènes de la vie d'un propre à rien
FREUD *Selbstdarstellung* / Sigmund Freud présenté par lui-même
FREUD *Die Frage der Laienanalyse* / La question de l'analyse profane
FREUD *Das Unheimliche und andere Texte* / L'inquiétante étrangeté et autres textes
FREUD *Eine Kindheitserinnerung des Leonardo da Vinci* / Un souvenir d'enfance de Léonard de Vinci
GOETHE *Die Leiden des jungen Werther* / Les souffrances du jeune Werther
GRIMM *Märchen* / Contes
GRIMM *Das blaue Licht und andere Märchen* / La lumière bleue et autres contes
HANDKE *Die Lehre der Sainte-Victoire* / La leçon de la Sainte-Victoire
HANDKE *Kindergeschichte* / Histoire d'enfant
HANDKE *Lucie im Wald mit den Dingsdda* / Lucie dans la forêt avec les trucs-machins
HOFMANNSTHAL *Andreas* / Andréas
KAFKA *Die Verwandlung* / La métamorphose
KAFKA *Brief an den Vater* / Lettre au père
KAFKA *Ein Landarzt und andere Erzählungen* / Un médecin de campagne et autres récits
KAFKA *Beschreibung eines Kampfes* / *Forschungen eines Hundes*/ Les recherches d'un chien / Description d'un combat
KLEIST *Die Marquise von O... / Der Zweikampf* / La marquise d'O... / Le duel
KLEIST *Die Verlobung in St. Domingo / Der Findling* / Fiançailles à Saint-Domingue / L'enfant trouvé
MANN *Tonio Kröger* / Tonio Kröger
MORIKE *Mozart auf der Reise nach Prag* / Un voyage de Mozart à Prague
RILKE *Geschichten vom lieben Gott* / Histoires du Bon Dieu
RILKE *Zwei Prager Geschichten* / Deux histoires pragoises
WALSER *Der Spaziergang* / La promenade

RUSSE

BABEL *Одесскне рассказы* / Contes d'Odessa
BOULGAKOV *Роковые яйца* / Les Œufs du Destin
DOSTOÏEVSKI *Записки из подполья* / Carnets du sous-sol
DOSTOÏEVSKI *Кроткая* / *Сон смешного человека* / Douce / Le songe d'un homme ridicule
GOGOL *Записки сумасшедшего* / *Нос* / *Шинель* / Le journal d'un fou / Le nez / Le manteau
GOGOL *Портрет* / Le portrait
LERMONTOV *Герой нашего времени* / Un héros de notre temps
POUCHKINE *Пиковая дама* / La Dame de pique
POUCHKINE *Дубровского* / Doubrovsky
TCHÉKHOV *Дама с собачкой* / *Архиерей* / *Невеста* / La dame au petit chien / L'évêque / La fiancée
TOLSTOÏ *Дьявол* / Le Diable
TOLSTOÏ *Смерть Ивана Ильича* / La Mort d'Ivan Ilitch
TOLSTOÏ *Крейцерова соната* / La sonate à Kreutzer
TOURGUÉNIEV *Первая любовь* / Premier amour
TOURGUÉNIEV *Часы* / La montre
TYNIANOV *Подпоручик Киже* / Le lieutenant Kijé

ITALIEN

CALVINO *Fiabe italiane* / Contes italiens
D'ANNUNZIO *Il Traghettatore ed altre novelle della Pescara* / Le passeur et autres nouvelles de la Pescara
DANTE *Vita Nuova* / Vie nouvelle
GOLDONI *La Locandiera* / La Locandiera
GOLDONI *La Bottega del caffè* / Le Café
MACHIAVEL *Il Principe* / Le Prince
MALAPARTE *Il Sole è cieco* / Le Soleil est aveugle
MORANTE *Lo scialle andaluso ed altre novelle* / Le châle andalou et autres nouvelles
MORAVIA *L'amore conjugale* / L'amour conjugal
PASOLINI *Racconti romani* / Nouvelles romaines
PAVESE *La bella estate* / Le bel été

PAVESE *La spiaggia* / La plage
PIRANDELLO *Novelle per un anno (scelta)* / Nouvelles pour une année (choix)
PIRANDELLO *Novelle per un anno II (scelta)* / Nouvelles pour une année II (choix)
PIRANDELLO *Sei personaggi in cerca d'autore* / Six personnages en quête d'auteur
SCIASCIA *Il contesto* / Le contexte
SVEVO *Corto viaggio sentimentale* / Court voyage sentimental
VASARI/CELLINI *Vite di artisti* / Vies d'artistes
VERGA *Cavalleria rusticana ed altre novelle* / Cavalleria rusticana et autres nouvelles

ESPAGNOL

ASTURIAS *Leyendas de Guatemala* / Leǵendes du Guatemala
BORGES *El libro de arena* / Le livre de sable
BORGES *Ficciones* / Fictions
CARPENTIER *Concierto barroco* / Concert baroque
CARPENTIER *Guerra del tiempo* / Guerre du temps
CERVANTES *Novelas ejemplares (selección)* / Nouvelles exemplaires (choix)
CERVANTES *El amante liberal* / L'amant généreux
CERVANTES *El celoso extremeño* / *Las dos doncellas* / Le Jaloux d'Estrémadure / Les Deux Jeunes Filles
CORTÁZAR *Las armas secretas* / Les armes secrètes
CORTÁZAR *Queremos tanto a Glenda (selección)* / Nous l'aimions tant, Glenda (choix)
FUENTES *Los huos del conquistador* / Les fils du conquistador
UNAMUNO *Cuentos (selección)* / Contes (choix)
VARGAS LLOSA *Los cachorros* / *Les chiots.*

PORTUGAIS

EÇA DE QUEIROZ *Singularidades de uma rapariga loira* / Une singulière jeune fille blonde
MACHADO DE ASSIS *O alienista* / L'aliéniste

Composition Infoprint.
Impression Bussière
à Saint-Amand (Cher), le 12 août 2005.
Dépôt légal : août 2005.
1er dépôt légal : février 1996.
Numéro d'imprimeur : 052980/1.
ISBN 2-07-039491-3./Imprimé en France.